BOQUITAS PINTADAS

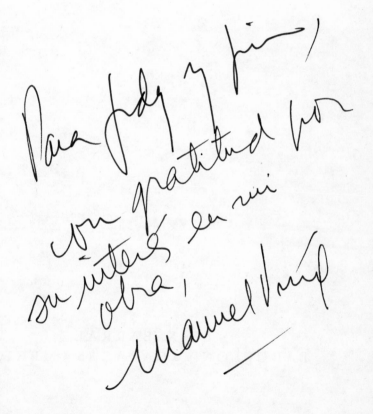

Para [...] y [...] con gratitud por su interés en mi obra,

Manuel Puig

NUEVA NARRATIVA HISPÁNICA

SEIX BARRAL
BARCELONA • CARACAS • MÉXICO

MANUEL PUIG

Boquitas pintadas

Primera edición: 1968
(Buenos Aires: Jorge Álvarez)

Segunda edición: 1970
(Buenos Aires: Editorial Sudamericana)

Primera edición
en Nueva Narrativa Hispánica: 1972
4.ª reimpresión: marzo de 1979

ISBN: 84 322 1343 8
Depósito legal: B. 8.093 - 1979

Printed in Spain

I

BOQUITAS PINTADAS
DE ROJO CARMESÍ

PRIMERA ENTREGA

Era... para mí la vida entera...

ALFREDO LE PERA

NOTA APARECIDA EN EL NÚMERO CORRES-
PONDIENTE A ABRIL DE 1947 DE LA REVIS-
TA MENSUAL *NUESTRA VECINDAD*, PUBLI-
CADA EN LA LOCALIDAD DE CORONEL
VALLEJOS, PROVINCIA DE BUENOS AIRES

«FALLECIMIENTO LAMENTADO. La desaparición
del señor Juan Carlos Etchepare, acaecida el 18 de
abril último, a la temprana edad de veintinueve años,
tras soportar las alternativas de una larga enfermedad, ha producido en esta población, de la que el
extinto era querido hijo, general sentimiento de ape-
sadumbrada sorpresa, no obstante conocer muchos
allegados la seria afección que padecía.

»Con este deceso desaparece de nuestro medio un
elemento que, por las excelencias de su espíritu y carácter, destacóse como ponderable valor, poseedor de
un cúmulo de atributos o dones —su simpatía—, lo
cual distingue o diferencia a los seres poseedores de
ese inestimable caudal, granjeándose la admiración
de propios o extraños.

»Los restos de Juan Carlos Etchepare fueron inhu-
mados en la necrópolis local, lugar hasta donde fueron acompañados por numeroso y acongojado cor-
tejo».

Buenos Aires, 12 de mayo de 1947

Estimada Doña Leonor:

Me he enterado de la triste noticia por la revista *Nuestra vecindad* y después de muchas dudas me atrevo a mandarle mi más sentido pésame por la muerte de su hijo.

Yo soy Nélida Fernández de Massa, me decían Nené, ¿se acuerda de mí? Ya hace bastantes años que vivo en Buenos Aires, poco tiempo después de casarme nos vinimos para acá con mi marido, pero esta noticia tan mala me hizo decidirme a escribirle algunas líneas, a pesar de que ya antes de mi casamiento usted y su hija Celina me habían quitado el saludo. Pese a todo él siempre me siguió saludando, pobrecito Juan Carlos ¡que en paz descanse! La última vez que lo vi fue hace como nueve años.

Yo señora no sé si usted todavía me tendrá rencor, yo de todos modos le deseo que Nuestro Señor la ayude, debe ser muy difícil resignarse a una pérdida así, la de un hijo ya hombre.

Pese a los cuatrocientos setenta y cinco kilómetros que separan Buenos Aires de Coronel Vallejos, en este momento estoy a su lado. Aunque no me quiera déjeme rezar junto a Usted.

Nélida Fernández de Massa

Iluminada por la nueva barra fluorescente de la cocina, después de tapar el frasco de tinta mira sus manos y al notar manchados los dedos que sostenían la lapicera, se dirige a la pileta de lavar los platos. Con una piedra quita la tinta y se seca con un repasador. Toma el sobre, humedece el borde engomado con saliva y mira durante algunos segundos los rombos multicolores del hule que cubre la mesa.

✶

Buenos Aires, 24 de mayo de 1947

Querida Doña Leonor:

¡Qué consuelo fue recibir su carta de contestación! La verdad es que no me la esperaba, creía que Usted no me iba a perdonar nunca. Su hija Celina en cambio veo que me sigue despreciando, y como Usted me lo pide le escribiré a la Casilla de Correo, así no tiene discusiones con ella. ¿Sabe hasta lo que pensé cuando vi su sobre? Pensé que adentro estaría mi carta sin abrir.

Señora... yo estoy tan triste, no debería decírselo a Usted justamente, en vez de tratar de consolarla. Pero no sé cómo explicarle, con nadie puedo hablar de Juan Carlos, y estoy todo el día pensando en que un muchacho tan joven y buen mozo haya tenido la desgracia de contraer esa enfermedad. A la noche me despierto muchas veces y sin querer me pongo a pensar en Juan Carlos.

Yo sabía que él estaba enfermo, que había ido de

nuevo a las sierras de Córdoba para cuidarse, pero no sé por qué... no me daba lástima, o debe ser que yo no pensaba que él se estaba por morir. Ahora no hago más que pensar en una cosa ya que él no iba nunca a la iglesia, ¿se confesó antes de morir? Ojalá que sí, es una tranquilidad más para los que quedamos vivos, ¿no le parece? Yo hacía tiempo que no rezaba, desde hace tres años cuando mi nene más chico estuvo delicado, pero ahora he vuelto a rezar. Lo que también me da miedo es que él haya hecho cumplir lo que quería. ¿Usted se enteró alguna vez? ¡Ojalá que no! Ve, señora, eso también me viene a la cabeza cuando me despierto de noche: resulta que Juan Carlos me dijo más de una vez que a él cuando se muriese quería que lo cremaran. Yo creo que está mal visto por la religión católica, porque el catecismo dice que después del juicio final vendrá la resurrección del cuerpo y el alma. Yo como no voy a confesarme desde hace años ahora he perdido la costumbre de ir, pero voy a preguntarle a algún Padre Cura sobre eso. Sí, señora, seguro que Juan Carlos está descansando, de golpe me ha venido la seguridad de que por lo menos está descansando, si es que no está ya en la gloria del Cielo. Ay, sí, de eso tenemos que estar seguras, porque Juan Carlos nunca le hizo mal a nadie. Bueno, espero su carta con muchos deseos. La abraza,

Nélida

En un cajón del ropero, junto al pequeño rosario infantil, la vela de comunión y las estampitas a nombre del niño Alberto Luis Massa, hay un libro con tapas que imitan el nácar. Lo hojea hasta encontrar un pasaje que anuncia la llegada del juicio final y la resurrección de la carne.

★

Querida Doña Leonor:

Esta tarde al volver de comprarles unas cosas a los chicos en el centro, me encontré con su carta. Sentí un gran alivio al saber que Juan Carlos se confesó antes de morir y que esté sepultado cristianamente. Dentro de todo es un consuelo muy grande. ¿Usted cómo anda? ¿Está un poco más animadita? Yo sigo todavía muy caída.

Ahora me voy a tomar un atrevimiento. Cuando él se fue a Córdoba la primera vez me escribió unas cuantas cartas de novio a Vallejos, decía cosas que yo nunca me las olvidé, yo eso no lo debería decir porque ahora soy una mujer casada con dos hijos sanos, dos varones, uno de ocho y otro de seis, que Dios me los conserve, y no tendría que estar pensando en cosas de antes, pero cuando me despierto a la noche se me pone siempre que sería un consuelo volver a leer las cartas que me escribió Juan Carlos. Cuando dejamos de hablar, y después de lo que pasó con Celina, nos devolvimos las cartas. Eso no fue que lo discutiéramos entre los dos, un día de repente yo recibí

13

por correo todas mis cartas, las que le había manda-
do a Córdoba, entonces yo le devolví también todas
las que me había escrito él. Yo no sé si él las habrá
quemado, a lo mejor no... Yo las tenía atadas con
una cinta celeste, porque eran cartas de un muchacho, él cuando me devolvió las mías estaban sueltas
en un sobre grande, yo me enojé tanto porque no
estaban atadas con una cinta rosa como se lo había
pedido cuando todavía hablábamos, mire a las cosas
que una le daba importancia. Eran otros momentos
de la vida.

Ahora quién sabe si existen esas cartas. ¿Si Usted
las encontrase las quemaría? ¿Qué van a hacer con
todas esas cosas de Juan Carlos que son personales?
Yo sé que él una vez guardó un pañuelo con rouge,
me lo contó para hacerme dar rabia, de otra chica.
Entonces yo pensé que si Usted no piensa mal y encuentra esas cartas que él me escribió a mí, a lo mejor me las manda.

Bueno, Señora, tengo ganas que me siga escribiendo, una cosa que me sorprendió es el pulso que tiene
para escribir, parece letra de una persona joven, la
felicito, y pensar que en los últimos tiempos ha sufrido una desgracia tan grande. No es que Usted se las
hace escribir por otra persona, ¿verdad que no?

Recuerde que mis cartas son las de la cinta celeste,
con eso basta para darse cuenta, porque están sin el
sobre, yo cuando las coleccionaba fui tonta y tiré los
sobres, porque me parecía que habían sido manosea-
dos, ¿no le parece que un poco de razón yo tenía?
Al sobre lo tocan en el correo muchas manos, pero
la hoja de adentro no la había tocado más que Juan

Carlos, pobrecito, y después yo, nosotros dos nomás, la hoja de adentro sí que es una cosa íntima. Así que ya sabe, no tiene necesidad de leer el encabezamiento para saber cuáles son mis cartas, por la cintita azul.

Bueno, señora, deseo que estas líneas la encuentren más repuesta. La abraza y besa,

Nené

Cierra el sobre, enciende la radio y empieza a cambiarse la ropa gastada de entrecasa por un vestido de calle. La audición «Tango versus bolero» está apenas iniciada. Se oyen alternados un tango y un bolero. El tango narra la desventura de un hombre que bajo la lluvia invernal recuerda la noche calurosa de luna en que conoció a su amada y la subsiguiente noche de lluvia en que la perdió, expresando su miedo de que al día siguiente salga el sol y ni siquiera así vuelva ella a su lado, posible indicio de su muerte. Finalmente pide que si el regreso no se produce, tampoco vuelvan a florecer los malvones del patio si esos pétalos deberán marchitarse poco después. A continuación, el bolero describe la separación de una pareja a pesar de lo mucho que ambos se aman, separación determinada por razones secretas de él: no puede confesarle a ella el motivo y pide que le crea que volverá si las circunstancias se lo permiten, como el barco pesquero vuelve a su rada si las tormentas del mar Caribe no lo aniquilan. La audición finaliza. Frente al espejo en que se sigue mirando, después de aplicar el lápiz labial y el cisne con polvo, se lleva el cabello tirante hacia arriba tratando de reconstruir un peinado en boga algunos años atrás.

★

Buenos Aires, 22 de junio de 1947

Querida Doña Leonor:

Ya le estaba por escribir sin esperar contestación cuando por suerte llegó su cartita. Me alegra saber que ya está más tranquila con menos visitas, la gente lo hace con buena intención, pero no se dan cuenta que molestan cuando son tantos.

Ya le estaba por escribir porque en la última carta me olvidé de preguntarle si Juan Carlos está sepultado en tierra, en un nicho o en el panteón de alguna familia. Tengo tantos deseos de que no esté en tierra... ¿Usted nunca se metió en un pozo que alguien estuviera cavando? Porque entonces si pone la mano contra la tierra dura del pozo siente lo fría y húmeda que es, con pedazos de cascotes, filosos, y donde la tierra es más blanda peor todavía, porque están los gusanos. Yo no sé si son esos los gusanos que después buscan lo que para ellos es la nutrición, mejor ni decirlo, no sé cómo pueden entrar en el cajón de madera tan gruesa y dura. A no ser que después de muchos años el cajón se pudra y puedan entrar, pero entonces no sé por qué no hacen los cajones de hierro o acero. Pero pensando ahora me acuerdo que también parece que a los gusanos los llevamos nosotros adentro, algo me parece que leí, que los estudiantes de medicina cuando hacen las clases en la morgue ven los gusanos al cortar el cadáver, no sé si lo leí o alguien me lo dijo. Mucho mejor que esté en un nicho, aunque no se le puedan poner muchas flores a la vez, yo lo prefiero también a que esté en un hermoso panteón, si no es el de su familia, porque parece que estuviera de favor. Señora, ahora me acuerdo quién me decía eso tan feo de que ya nosotros llevamos los gusanos, fue el mismo Juan Carlos, que por eso era que quería que lo cremaran, para que no lo comieran los gusanos. Perdóneme si esto le causa impresión, ¿pero con quién puedo hablar de estos recuerdos si no es con Usted?

Lo que sí, no sé cómo decirle que empezaban las cartas de Juan Carlos. Qué cosa tan rara que no tengan más la cintita celeste. ¿Son tantas las cartas que encontró? Qué raro, Juan Carlos me juró que era el primer carteo que tenía con una chica, claro que después pasaron los años, pero como de nada sirvió que nos carteáramos porque lo mismo rompimos, se me puso en la cabeza que él le había hecho cruz y raya a la idea de cartearse con una chica. Una ocurrencia mía, nada más.

Las cartas dirigidas a mí estaban todas escritas en papel del mismo block que se lo compré yo misma de regalo con una lapicera fuente cuando se fue a Córdoba, y yo me compré otro block para mí. Es un tipo de papel blanco con arruguitas que casi parece una seda cruda. El encabezamiento cambia a veces, no me ponía mi nombre porque él decía que era comprometedor, por si me las encontraba mi mamá podía yo decir que eran cartas para otra chica. Lo que importa más me parece es que tengan la fecha de julio a setiembre de 1937, y si por ahí Usted lee un poquito no vaya a creer que todo lo que dice es verdad, eran cosas de Juan Carlos, que le gustaba hacerme rabiar.

Le ruego que haga lo posible por encontrarlas y muchas gracias por mandármelas. Besos y cariños de

Nené

Todavía no ha escrito el sobre, se pone de pie bruscamente, deja el tintero abierto y la lapicera sobre el papel secante que absorbe una mancha redonda. La carta plegada toca el fondo del bolsillo del delantal. Tras de sí cierra la puerta del dormitorio, quita una pelusa adherida a la Virgen de Luján tallada en sal que adorna la cómoda y se tira sobre la cama boca abajo. Con una mano estruja los flecos de seda que bordean el cubrecama, la otra mano queda inmóvil con la palma abierta cerca de la muñeca vestida de odalisca que ocupa el centro de la almohada. Exhala un suspiro. Acaricia los flecos durante algunos minutos. Repentinamente se oyen voces infantiles subir por las escaleras del edificio de departamentos, suelta los flecos y palpa la carta en el bolsillo para comprobar que no la ha dejado al alcance de nadie.

✱

Buenos Aires, 30 de junio de 1947

Querida Doña Leonor:

Acabo de tener la alegría de recibir su carta antes de lo pensado, pero después qué disgusto al leerla y darme cuenta que Usted no había recibido mi anterior. Yo le escribí hace más de una semana, ¿qué habrá pasado? Mi miedo es que alguien la haya retirado de la casilla, ¿cómo hace para que Celina no vaya nunca a buscar las cartas? ¿O es que no sabe que Usted tiene casilla de correo? Si Celina busca las cartas a lo mejor me las quema.

Mire, señora, si le da mucho trabajo saber cuáles eran las cartas para mí me puede mandar todas, yo le devuelvo después las que no me corresponden. Yo lo quise mucho, señora, perdóneme todo el mal que pude hacer, fue todo por amor.

Le ruego que me conteste pronto, un fuerte abrazo de

Nené

19

Se levanta, se cambia de ropa, revisa el dinero de su cartera, sale a la calle y camina seis cuadras hasta llegar al correo.

★

Buenos Aires, 14 de julio de 1947

Querida señora:

Ya hace más de diez días que le escribí y no he recibido respuesta. Para qué contarle las cosas que me pasan por la cabeza. Esa carta que Usted no recibió quién sabe dónde estará, y después le mandé otra, ¿tampoco la recibió? A lo mejor Usted cambió de idea y ya no me aprecia, ¿alguien le dijo algo más, otra cosa mala de mí? ¿qué le dijeron? Si Usted me viera lo mal que ando, no tengo ganas de nada. Ni a mi marido ni a los chicos puedo comentarles nada, así que ni bien terminé de darles de almorzar a los chicos, hoy me acosté así pude por lo menos no andar disimulando. Ando muy demacrada de cara. A los chicos les digo que tengo dolor de cabeza, así me dejan un rato tranquila. Yo a la mañana voy a la feria a hacer las compras y cocino, mientras la muchacha me hace la limpieza, vienen los chicos de la escuela y almorzamos. Mi marido no viene a mediodía. Más o menos la mañana se me pasa más distraída, pero la tarde qué triste es, señora. Por suerte la muchacha recién se va a su casa después de lavarme los platos, pero ayer y hoy me faltó, y ayer hice un esfuerzo y lavé los platos y recién después me acosté, pero hoy no, me fui derecho a la cama sin levantar la mesa siquiera, ya no aguantaba las ganas de estar un poco sola. Ese es el único alivio, y oscurezco bien la pieza. Entonces puedo hacer de cuenta que estoy con Usted y que vamos a la tumba del pobrecito Juan Carlos y juntas lloramos hasta que nos desahogamos. Ahora son las cuatro de la tarde, hay un sol que parece de primavera y en vez de salir un poco estoy encerrada para que no me vea nadie. En la pileta de la cocina tengo todos los platos sucios amontonados, más tarde los voy a agarrar. ¿Sabe una cosa? Hoy vino una vecina a devolverme la plancha que le presté ayer y casi le doy vuelta la cara, sin ninguna razón. Estoy temblando de que mi marido llegue temprano del escritorio, ojalá se retrase, así puedo despachar esta carta, seguro que sí. Pero a Usted sí que tendría ganas de verla y hablar de todo lo que tengo ganas de saber de estos años que no vi a Juan Carlos. Le juro señora que cuando me casé con Massa ya no me acordaba más de Juan Carlos, lo seguía apreciando como amigo y nada más. Pero ahora no sé qué me pasa, pienso si Celina no hubiese hablado mal de mí, a lo mejor a estas horas Juan Carlos estaba vivo, y casado con alguna buena chica, o conmigo.

Aquí le mando este recorte de la revista *Nuestra vecindad,* cuando la fiesta de la Primavera, le calculo yo que sería 1936, sí claro, porque yo tenía recién los veinte años cumplidos. Ahí empezó todo. Si no le molesta, devuélvamelo, que es un recuerdo.

«Lúcida celebración del día de la primavera. — Siguiendo una práctica impuesta por la costumbre, el Club Deportivo "Social" inauguró la entrada de la estación primaveral con una lucida reunión danzante, efectuada el sábado 22 de setiembre con el amenizamiento de la orquesta Los Armónicos de esta localidad. A medianoche, en un intermedio, resultó elegida Reina de la Primavera 1936 la encantadora Nélida Fernández, cuya esbelta silueta engalana estas columnas. Aparece junto a la flamante soberana, su antecesora la atrayente María Inés Linuzzi, Reina de la Primavera 1935. A continuación, la Comisión de Fiestas del Club presentó una estampa de antaño con el título de "Tres épocas del vals" y su desarrollo corrió bajo la dirección de la aficionada señora Laura P. de Baños, quien también recitó las bonitas glosas. Cerró esta cabalgata musical un vals vienés de fin de siglo, ejecutado con ímpetu notable por la Srta. Nélida Fernández y el Señor Juan Carlos Etchepare, quienes convincentemente demostraron "la fuerza del amor que supera todos los obstáculos", como declamara la Sra. de Baños. Especialmente celebrados fueron los atuendos por cierto vistosos de las señoritas Rodríguez, Sáenz y Fernández, bien complementadas por la apostura de los acompañantes y sus impecables fracs. Por otra parte, téngase presente que es tarea peliaguda y no cometido fácil, el adentrarse en los significados histórico-musicales para después expresarlos con la soltura que permiten unos pocos y apresurados ensayos, robando tiempo al sueño y al descanso. Cabe, aquí, la reflexión filosófica: ¡cuántos, cuántos solemos andar por este histriónico mundo llegando diariamente al final de la etapa sin lograr saber qué papel hemos estado desempeñando en el escenario de la vida! Si bien la última pareja cosechó los más densos aplausos, esta redacción felicita a todos por igual. Fue una simpática y por muchos motivos inolvidable reunión que tuvo la virtud de congregar a un crecido número de personas, danzándose animadamente hasta altas horas de la madrugada del día 23».

Bueno, veo que no le digo lo principal, por lo que le mando esta carta: por favor escríbame pronto, que tengo miedo de que mi- marido se dé cuenta de algo si sigo tan alunada.

La abraza, suya

Nené

Postdata: ¿No me va a escribir más?

Dobla carta y recorte en tres partes y los coloca en el sobre. Los saca con un movimiento brusco, despliega là carta y la relee. Toma el recorte y lo besa varias veces. Vuelve a plegar carta y recorte, los pone en el sobre, al que cierra y aprieta contra el pecho. Abre un cajón del aparador de la cocina y esconde el sobre entre servilletas. Se lleva una mano a la cabeza y hunde los dedos en el pelo, se rasca el cuero cabelludo con las uñas cortas pintadas de rojo oscuro. Enciende el calefón a gas para lavar los platos con agua caliente.

SEGUNDA ENTREGA

Belgrano 60-11
quisiera hablar con Renée...
Renée ya sé que no existe,
yo quiero hablar con Usted.
Charlemos, la tarde es triste,
me pongo sentimental,
Renée ya sé que no existe
charlemos, Usted, es igual.

LUIS RUBINSTEIN

Buenos Aires, 23 de julio de 1947

Doña Leonor querida:

¡Cuánto tiempo que me está dejando sin noticias! Ya van casi cuatro semanas que no recibo carta suya, no habrá sucedido algo malo, espero. No, yo creo que ahora tiene que cambiarnos la suerte, ¿verdad? Si me pasa algo malo no sé cómo voy a aguantar. ¿Por qué es que no me escribe?

Hoy sábado a la tarde, conseguí que mi marido se llevara a los chicos al partido que juegan aquí cerca nomás, en la cancha de River, a Dios gracias me quedé sola un poco porque si mi marido me llegaba a recriminar otra vez lo mismo no sé qué le contestaba. Dice que ando con cara agria.

¿Qué estará haciendo Usted? Los sábados a la tarde en Vallejos venía siempre alguien a tomar mate a casa, las chicas. Pensar que si yo hoy estuviera de paseo por allá tampoco podría ir a su casa a tomar mate, por Celina. Y total por qué empezaron todos los líos... pavadas nomás. Todo empezó en la época en que entré como empaquetadora en Al Barato Argentino y como de la escuela primaria era amiga de Celina y Mabel, que ya habían vuelto recibidas de maestras, y Mabel además chica con plata, empecé a ir al Club Social.

Mire señora, yo admito que ahí hice mal, y todo empezó por no hacerle caso a mamá. Ella ni que hubiese sido bruja: no quería que yo fuera a los bailes del Social. ¿Qué chicas iban al Social? Chicas que podían ir muy bien puestas, o porque los padres tenían buena posición, o porque eran maestras, pero como Usted se acordará las chicas de las tiendas iban más bien al Club Recreativo. Mamá me dijo que metiéndome donde no me correspondía iba a ser para lío nada más. Dicho y hecho. En ese mismo año, para la fiesta de la Primavera, preparaban esos números y me eligieron a mí y a Celina no. A Mabel se sabía que la iban a elegir, porque el padre hacía y deshacía en el Club. La tercera chica tampoco era socia, pero ese fue otro lío aparte, no importa, pero en el primer ensayo estábamos las tres parejas elegidas y la de Pagliolo que tocaba el piano, y la de Baños que nos enseñaba los pasos con el manual especial que tenía con las ilustraciones todas indicadas. La de Baños nos mandaba de aquí para allá a todos y quiso que primero la de Pagliolo tocase los tres valses seguidos para que los escuchásemos, cuando en eso se apa-

reció Celina y me empezó a hablar en el oído en vez
de dejarme poner atención en la música. Me dijo que
no quería ser más mi amiga porque a mí me habían
aceptado en el Club gracias a ella y ahora no me le
unía en protesta, que le habían hecho el vacío para
la fiesta. A mí ya me había pedido que no aceptara,
en adhesión, pero a Mabel no le pidió lo mismo, así
que a mí me dio rabia, ¿por qué no se animó a decirle lo mismo a Mabel? ¿porque Mabel tenía plata
y yo no? o porque era maestra y yo no había ido
más que hasta sexto grado, no sé por qué Celina me
quería sacrificar a mí y a la otra no. Yo le había repetido ochenta veces a Celina que no le hacían el vacío,
es que era muy bajita y los trajes de alquiler encargados a Buenos Aires vienen todos en tamaño mediano. La de Baños estaba que echaba chispas porque
nos veía conversar en vez de escuchar la música y
desde ese momento ya me tomó entreojos.

La rabia mía es una: Celina quiso hacerle gancho
al hermano con Mabel, y Usted sabe que Juan Carlos
la afiló un poco, pero después dejaron. Antes de noviar conmigo. Pero parece que lo mismo Celina quedó con la esperanza de emparentarse con la familia
de Mabel.

En días de semana yo recién salía de la tienda a
las siete de la tarde y no me veía con Celina y Mabel,
pero los sábados venían las dos a casa a la siesta a
tomar mate, y mamá le preparaba el pelo a Mabel
para la noche, que era una chica que no se daba
maña para peinarse. El primer ensayo fue ese lunes,
me acuerdo patente, y a Celina no me la crucé por
la calle en toda la semana que siguió, cosa rara, y

cuando llegó el sábado por casa se apareció Mabel sola. Si Mabel no venía yo ya tenía decidido dejar los ensayos. Ojalá no hubiese venido, pero ya estaría escrito que debía ser así, en el libro del Destino. Aunque es algo terrible pensar que en aquella tarde cuando golpeó las manos en la tranquerita Mabel y me llamó, estaba ya todo escrito. Yo creo que en ese momento largué lo que tenía en la mano, de tan contenta. Y ahora estoy tan cambiada, hoy no me peiné en todo el día de tantas ganas de morirme.

Pero para terminarla con Celina, le voy a ser sincera: en el oído lo que me dijo fue que yo si no era por ella al Social no hubiese pisado, y que todos sabían lo del doctor Aschero. Antes de Al Barato Argentino yo le recibía los enfermos a Aschero, y le preparaba las inyecciones, y la gente, cuando me fui de golpe, comentó que había habido algo sucio entre los dos, un hombre casado con tres hijos. Bueno, señora, yo mejor dejo ahora porque si viene mi esposo se va a poner a leer la carta, ¿se imagina? Sigo el lunes cuando él no esté.

Lunes, 25

Mi querida amiga:

Estoy sola en el mundo, sola. Los chicos si yo desaparezco los va a criar mi suegra, o cualquiera, mejor que yo. Ayer me encerré en la pieza y mi marido la forzó, yo creía que me mataba, pero no me hizo nada, se acercó a la cama y me dio vuelta porque yo tenía la cabeza escondida en la almohada, y yo como una loca le escupí en la cara. Me dijo que se la iba a pagar, pero se aguantó de pegarme. Yo creí que me iba a romper la cabeza.

Hoy para colmo a la mañana se me dio por acordarme de Aschero, y así me hice mala sangre de gusto, como si no hubiesen pasado los años. A él no lo quise como a Juan Carlos, al único que quise fue a Juan Carlos. Aschero fue un aprovechador. La cuestión es que ahora no lo voy a ver más en mi vida a mi Juan Carlos ¡que no me lo vayan a cremar! Entre Aschero y la Celina me lo hicieron perder, me lo hicieron morir, y ahora tengo que aguantar al cargoso de Massa para toda la vida. Fue Celina la culpable de todo, su hija que es una víbora, tenga cuidado con ella. Y ya que estoy en tren de confidencias le voy a decir cómo fue que me dejé marcar para toda la vida: yo tenía diecinueve años y me pusieron a aprender de enfermera con Aschero. Un día en el consultorio no había nadie y yo tenía tos y me empezó a auscultar. En seguida se le fue la mano y me empezó a acariciar y yo me escapé al bañito roja de vergüenza, me puse la blusa de nuevo y le dije que la culpa era mía, que me disculpara por haberme querido ahorrar la visita a otro médico. Mire qué estúpida. En eso quedó, pero yo me lo soñaba toda la noche, de miedo que me arrinconara otra vez.

Un día tuvimos que ir en el auto a hacer una transfusión a una chacra, de urgencia. Era una mujer con hemorragia después del parto, y se salvó, de tanto sudar nosotros. Al irnos nos convidaron con vino, todos estaban contentos y yo tomé. En la mitad del viaje Aschero me dijo que me recostara contra la ventanilla y cerrara los ojos, para descansar la media hora de viaje. Yo le hacía caso en todo y cuando cerré los ojos me dio un beso suavecito. Yo no dije nada y paró el coche. Y pensar que estoy gastando tinta en hablar de esa porquería, ¡qué caro me salió ser tonta un momento!

Después nos empezamos a ver en cualquier parte que podíamos y en el consultorio mismo, pared por medio con la pieza donde estaba la esposa, después ella se dio cuenta y me tuve que ir de empaquetadora a la tienda. Él no me buscó más.

¿Y todo para qué? Mire, yo me voy a morir con esta vida que hago, nada más que trabajar en la casa y renegar con los chicos. A la mañana, todas las santas mañanas, empieza la lucha de sacarlos de la cama, el más grande peor, tiene ocho años y está en segundo grado, y el más chico por suerte este año ya va al jardín de infantes, darles la leche, vestirlos y acompañarlos hasta el colegio, todo a sopapo limpio, qué cansadores son los varones, cuando no empieza uno empieza el otro. De vuelta me hago las compras, todo en la feria porque es mucho más barato, pero mucho más cansador porque hay que ir puesto por puesto, y hacer cola. Para esto la chica ya está en casa haciendo la limpieza, me lava la ropa también, y yo cocino y si me doy tiempo liquido el planchado también a la mañana, y a la tarde no los puedo hacer dormir la siesta a los indios, qué distinto cuando son bebitos, qué ricos, yo me los comería, qué divinos son los bebes, yo veo un bebe en la calle o en fotografía y ya me vuelvo loca, pero se hacen grandotes tan pronto, se ponen como salvajes. Los míos gritan toda la siesta, a las doce y media ya los tengo en casa, va la muchacha a buscarlos de vuelta. Hay unas cuadras muy bravas para cruzar.

¡Qué distinto era en Vallejos! A la tarde venía alguna amiga, charlábamos, escuchábamos la novela, bueno, eso cuando no trabajaba en la tienda, pero acá ¿qué gané con venirme a Buenos Aires? No conozco a nadie, los vecinos son unos italianos recién venidos más brutos que no sé qué, y una rubia que debe ser mantenida, mi marido está seguro. No sé con quién podría charlar, con nadie, y a la tarde trato de coser un poco y mientras les vigilo los deberes a estos animales. ¿Usted sabe lo que son dos chicos encerrados en un departamento? juegan con los autitos corriendo carreras entre los muebles. Menos mal que no tengo los muebles buenos todavía, por eso no quiero llamar a gente de Vallejos para visita, después salen criticando que no tengo la casa amueblada de lujo, como ya pasó una vez, no le digo quién fue, qué se gana...

Y mire hoy son las seis de la tarde y ya tengo un dolor de cabeza que se me parte como todos los días y cuando viene mi esposo peor que peor, quiere la cena en seguida, si no está lista, y si está lista se quiere bañar antes, mire, no es malo, pero ni bien pisa la casa empezaría yo a romper todo, me da rabia que venga, pero qué culpa tiene de venir si es la casa de él, y Usted me dirá para qué me casé, pero de recién casada la paciencia no me faltaba. No aguanto más esta vida, todos los días lo mismo.

Hoy a la mañana me fui de nuevo al Zoológico, total no está tan lejos, son diez minutos de colectivo, porque el otro día a los nenes le dijo otro chico que había un cachorrito de león recién nacido y lo fuimos a ver ayer domingo ¡qué divino! si me alcanza la plata me voy a comprar un perrito o un gatito fino a principios de mes. Qué divino el leoncito, cómo se acurruca contra la leona vieja, y se hacen mimos. Esta mañana me dio un ataque y sola lo fui a ver de nuevo, no había nadie de gente. El leoncito se tira en el suelo patas para arriba, se revuelca y después se esconde debajo de la madre. Como un nenito de meses. Yo tendría que salir todos los días, yo le dije a no sé quién, que no podía más de la casa y los chicos, ah sí, ya me acuerdo, una puestera de la feria, la de la fruta, una viejita, me dijo un día que yo estaba siempre nerviosa y no quería esperar a que me atendieran, entonces le dije yo qué le iba a hacer y me contestó que con los años una se calma. ¿Quiere decir que mientras sea joven me voy a tener que embromar? y después de vieja ya está todo perdido y adiós, mire, yo lo voy a mandar al diablo a este tipo si se descuida... ¿Usted cree que puedo encontrar un muchacho que me dé otra vida?

Me gustaría un muchacho como había antes, ahora son todos con cara de pavo. Pero no tanto, de eso estaba convencida, y el otro día vi a unos muchachos tan lindos, de golpe, hacía mucho que no veía un muchacho lindo de veras y fui a visitar un club para anotarlos a los chicos y había unos muchachos parecidos a los del Club Social. Claro que eran todos de menos de veinticinco años, y yo ya voy para los treinta. Pero mire qué desgraciados en ese Club, piden alguien que nos presente, otro socio, pero acá no conocemos a casi nadie en Buenos Aires. Y le dije a mi marido y ni me contestó, como diciendo arréglate, ay señora querida, pensar que dentro de un rato le tengo que ver la cara de nuevo. Si él no estuviera, ¿se fijaría alguien en mí? Pero estoy lista, sonada, cuando sea el diluvio universal, y el juicio final, yo quiero irme con Juan Carlos, qué consuelo es para nosotras, señora, la resurrección del alma y el cuerpo, por eso yo me desesperaba si me lo cremaban... Qué lindo que era Juan Carlos, qué hijo tuvo señora, y esa hija tan perra, si la tuviera cerca la estrangulaba. A mí me lo hizo de envidia, mire, yo sé lo que le pasaba a ella, se dejó manosear ya a los dieciséis años por uno de los Álvarez, después pasó de mano en mano y en el baile ya a los veinte no la sacaba a bailar nadie, por pegote, hasta que entró en la barra de los viajantes y ahí ya no le faltó más quien la acompañara a la casa después del baile.

Pero le quedó rabia de que yo me lo agarrara al hermano, y por eso le dijo a Usted que a mí me había manoseado Aschero. Pero a mí fue uno solo, y porque yo era chica, en cambio a ella le ensuciaron el nombre hasta que se cansaron. Y se quedó soltera, esa es la rabia que tiene ¡se quedó soltera! La idiota no sabe que estar casada es lo peor, con un tipo que una no se lo saca más de encima hasta que se muere. Ya quisiera estar soltera yo, no sabe que la que ganó al final fue ella, que es dueña de ir adonde quiere ¡mientras yo estoy condenada a cadena perpetua!

Arroja la lapicera con fuerza contra la pileta de lavar, toma las hojas escritas y las rompe en pedazos. Un niño recoge del suelo la lapicera, la examina y le comunica a su madre que está rota.

★

Buenos Aires, 12 de agosto de 1947

Querida Doña Leonor:

Espero que estas líneas la encuentren con salud y en compañía de los suyos. Después de titubear bastante me pongo a escribirle, pero ante todo debo hacerle una aclaración: yo gracias a Dios tengo una familia que ya muchos quisieran, mi marido es una persona intachable, muy apreciado en su ramo, no me deja faltar nada, y mis dos hijos están creciendo preciosos, aunque la madre no debería decirlo, pero ya que estoy en tren de sinceridad tengo que decir las cosas como son. Así que no tengo de qué quejarme, pero por mis cartas tal vez Usted se formó una idea rara, porque a mí se me dio por ser floja. Pensé en lo mucho que una madre sufrirá en su caso y por eso pensé que la consolaría saber que yo la acompañaba en el sentimiento. Yo la acompañé, pero ahora que Usted no quiere más que la acompañe, dado que no me escribió más, aquí va una verdad: a mí nadie me trata como trapo de cocina.

No comprendo la razón de su silencio, pero por las dudas alguien le haya envenenado los oídos con mentiras, quiero que sepa toda la verdad por mi propia boca, después podrá juzgarme. Lo único que le pido es que si está decidida a no escribirme más, por lo

33

menos me mande esta carta de vuelta, abierta se entiende, en prueba de que la leyó. ¿O será mucho pedirle?

Bueno, yo no debería hablarle como si Usted tuviera la culpa, la culpable es quien le habrá ido con cuentos. Y ya que no le quieren dejar ver la verdad, se la muestro yo. Esta es mi vida...

Mi padre no me pudo hacer estudiar, costaba mucho mandarme a Lincoln a estudiar de maestra, no era más que jardinero, y a mucha honra. Mamá planchaba para afuera y todo lo que ganaba iba a la libreta de ahorro para cuando yo me casara y tuviera mi casa con todo. La tengo, pero pobre mamá no por sus sacrificios, porque se le fue todo en médico y remedios cuando lo del finado papá. En fin. Celina estudió. Entonces era más que yo.

Muy bien, no hacía mucho que hablábamos con Juan Carlos cuando tuvo aquel catarro que no se le curaba. Ahora esto que lo sepa Celina: cuanto más lo entretenía yo a la noche charlando en la tranquerita... más tardaba él en irse a lo de la viuda Di Carlo. A mí me lo decían todos, que Juan Carlos entraba por el alambrado del guardabarrera derecho a lo de la viuda mosca muerta. Era ella quien le chupaba la sangre y no yo. Hasta que dejó de ir, porque yo no lo quería ver más si él seguía en relación con esa, claro que yo lo hacía por celos de novia egoísta, qué sabía yo que las radiografías iban a dar esas sombras en los pulmones. Tome nota entonces: si Juan Carlos después de noviar conmigo se iba a lo de la viuda era porque conmigo se portaba a lo caballero.

Ahí vino el viaje a Córdoba. Se volvió precioso, a los

34

tres meses. Y voy al grano: por más que la mujer de Aschero le haya gritado al marido delante de la sirvienta que él la engañaba conmigo eso no prueba nada. Pero Usted creyó esos cuentos y se opuso al compromiso. ¿Y las pruebas de mi culpa? Nunca las tuvo.

¿Pero Juan Carlos seguía con la viuda? no. Para su información: yo siempre me quedé con una espina, porque un día, poco antes de distanciarnos para siempre, lo pesqué a Juan Carlos en una mentira... Tenía un pañuelito escondido en el bolsillo del saco, bien metido en el fondo, de mujer, perfumado, y no pude alcanzar a leer la inicial, bordada con muchos adornos, pero segura segura que no era "E", y la viuda Di Carlo se llamaba Elsa. Me dijo que era de una chica que conoció en Córdoba, que él era hombre y tenía que vivir, pero cuando yo se lo pedí para quedármelo... me lo arrebató. Quiere decir que era una de Vallejos ¿no lo cree? Yo no sabía con quién agarrármela y le dije que la iba a degollar a esa viuda de porquería, y él se puso serio y me aseguró que la viuda no "corría" más, con esas palabras de los hombres que son tan hirientes para una mujer, aunque se tratase de Elsa Di Carlo. Y me quedé con la espina para siempre.

Después ya vinieron los líos y nos distanciamos, pero es una lástima que Usted no me haya escrito más, porque entre las dos a lo mejor podríamos arrancarle la careta a la verdadera asesina de Juan Carlos. Contra ésa se la tendría que agarrar su hija Celina, y no contra mí. Ya que Celina es soltera y tiene tiempo libre, podría ser útil para algo y ayudar al triunfo de la verdad.

Volviendo al tema de las cartas de Juan Carlos, serenamente consulte su conciencia a ver si me pertenecen o no. La saluda atentamente,

Nélida

Postdata: Si no me contesta, esta es la última carta que le escribo.

Frente a ella en la mesa, un niño llena prolijamente con lápiz cuatro renglones de su cuaderno con la palabra miau y cuatro renglones con la palabra guau. Entre las patas de la mesa y de las sillas otro niño busca un juguete pequeño con forma de auto de carrera.

TERCERA ENTREGA

Deliciosas criaturas perfumadas,
quiero el beso de sus boquitas pintadas...

ALFREDO LE PERA

ÁLBUM DE FOTOGRAFÍAS

Las tapas están tapizadas con cuero de vaca color negro y blanco. Las páginas son de papel de pergamino. La primera carilla tiene una inscripción hecha en tinta: JUAN CARLOS ETCHEPARE, 1934; la segunda carilla está en blanco y la tercera está ocupada por letras rústicas impresas entrelazadas con lanzas, boleadoras, espuelas y cinturones gauchos, formando las palabras MI PATRIA y YO. A continuación las carillas de la derecha están encabezadas por una inscripción impresa, las de la izquierda no. Inscripciones: "Aquí nací, pampa linda...", "Mis venerados tatas", "Crece la yerba mala", "A la escuela, como Sarmiento", "Cristianos sí, barbaros no", "Mi primera rastra de hombre", "Noviando con las chinitas", "No hay primera sin segunda", "Sirviendo a mi bandera", "Compromiso del gaucho a su china", "Los confites del casorio" y "Mis cachorros". Estas tres últimas inscripciones están cubiertas deliberadamente por fotografías grandes que alcanzan a ocultar por completo las letras, y siguiendo este criterio las demás carillas de la derecha están todas dedicadas a las fotografías de tamaño ma-

37

yor, mientras que las de la izquierda están ocupadas por grupos de fotografías de menor tamaño. Primer grupo de la izquierda: un anciano y una anciana sentados, busto de una anciana, busto de un anciano, calle de una aldea de las provincias vascongadas, niño de meses, familia en una volanta tirada por caballo blanco.

Primera fotografía grande de la derecha: niño de meses desnudo, rubio. Segundo grupo de la izquierda: un hombre y una mujer, él viste traje con chaleco y levita y ella ropa oscura larga hasta los pies, la misma pareja con dos niños en brazos, tres poses de la mujer del traje largo con dos ancianos y dos niños. Segunda fotografía grande de la derecha: entre un naranjo y una palmera aclimatada hay un aljibe con reja de línea simple, sentado en el aljibe un niño de tres años descalzo y vestido con sólo un pantalón blanco toma leche de un frasco con chupete agitando las piernas, a su lado una mujer con ropa blanca larga sostiene en brazos a una niña de meses desnuda que juega con las numerosas vueltas del collar de la mujer. Tercer grupo de la izquierda: diferentes poses de la familia junto al mar con ropas de ciudad y sombrilla japonesa. Tercera fotografía grande de la derecha: un jardín de pequeños canteros redondos bordeados por un cerquillo de alambre tejido contra el que se apoyan nardos y jacintos florecidos con una palmera enana en el centro de cada cantero, semicubiertos por la figura de un niño con saco de bordes redondeados, corbata de moño bohemio, pantalón que ciñe la rodilla seguido de polainas claras, y la figura de una niña con bucles y gran moño blanco trasparente alto en la cabeza, vestido blanco de pollera corta abultada por enaguas. Los siguientes grupos de la izquierda, hasta terminar el álbum, pertenecen a diferentes momentos de las décadas del veinte y el treinta, con la presencia frecuente de un joven de pelo castaño claro largo cubriéndole las orejas, figura atlética e invariable sonrisa. Las restantes carillas de la derecha están ocupadas como se ha apuntado por una única fotografía grande, en el siguiente orden: un terreno baldío con hamacas, trapecios, barras y argollas para atletismo, al fondo un cerco de alambre tejido y detrás algunas casas diseminadas en la llanura, yuyos achaparrados y un adolescente de pelo castaño claro apoyado en una barra mirando a la cámara, camisa con el cuello desabotonado, corbata y brazal de luto, pantalón semilargo hasta por debajo de la rodilla, medias negras largas hasta el muslo y alpargatas, a su lado otro adolescente con el pelo negro rizado que escapa de la boina vasca, ropa raída y expresión de alegría salvaje al sostenerse en el aire tomándose de la argolla con un solo brazo, las piernas en ángulo recto con el tronco; el rostro de un joven Suboficial de Policía, aceitoso pelo negro rizado, ojos negros, nariz recta de aletas fuertes, bigote espeso y boca grande, con la dedicatoria "A Juan Carlos, más que un amigo un hermano, Pancho"; los dos jóvenes ya descritos, sonriendo sentados junto a una mesa cubierta de botellas de cerveza y cuatro vasos, sobre los muslos de ellos sentadas dos mujeres jóvenes, con escotes bajos, carnes fatigadas, rostros desmejorados por los afeites excesivos y al fondo del mostrador de bar almacén cargado de damajuanas, una barrica de vino, estantes con latas de conservas, pa-

39

quetes de especias, cigarrillos, botellas; escena campestre bajo un algarrobo, tendido en el pasto un mantel cargado de platos con milanesas, huevos duros, tortillas y frutas, al fondo muchachas y muchachos en actitud de esparcimiento, sentados en el pasto junto al mantel una muchacha de pelo negro corto y ondulado que se adhiere al rostro de óvalo perfecto, grandes ojos negros sombreados, expresión ausente, nariz pequeña, boca pequeña, busto comprimido por el vestido de gasa floreada, y un muchacho de pelo castaño claro, camisa abierta por donde asoma el vello del pecho, amenazando con un tenedor empuñado como daga al plato de milanesas; la misma muchacha de la fotografía anterior, sentada en pose de estudio fotográfico, pero con la misma expresión indiferente, el vestido formando drapéados en torno al busto, collar de perlas, cabello más largo lacio con raya al medio y rizado permanente en las puntas, la dedicatoria dice: "Con simpatía, Mabel, diciembre de 1935"; el rostro de la misma muchacha, el mismo peinado con el agregado de una vincha atada por delante en moño enmarcando la frente, la dedicatoria es "Un recuerdo de Mabel, junio de 1936"; un grupo de tres parejas posando con ropas de época, respectivamente Restauración, Tercer Imperio y Fin de Siglo, quedando la joven que encarna la última época más cerca del objetivo, pelo rubio peinado hacia arriba descubriendo la nuca, ojos claros con expresión deslumbrada, propia de quien contempla o imagina algo hermoso, nariz levemente aguileña, cuello largo, figura esbelta; con fondo de sierras y álamos, arropado con un poncho, el pulóver colocado bajo los anchos pantalones blancos de cintura alta hasta el diafragma, el joven de pelo castaño claro, más delgado pero con la tez bronceada por el sol y su sonrisa característica, y dedicatoria "Con el cariño de siempre a mi vieja y hermanita, Juan Carlos, Cosquín 1937"; brindando con sidra junto a una torta de cumpleaños una joven de baja estatura, pese al jopo alto armado sobre la frente, con escote cuadrado y un broche en cada ángulo, una mujer de edad sobriamente vestida y el joven de pelo castaño claro, más delgado, con los ojos notablemente agrandados y cavados en el rostro, mira a su copa con sonrisa apenas esbozada; el joven de pelo castaño claro en un sulky con fondo de sierras y cactus, los detalles no se distinguen debido a que la fotografía ha sido tomada casi a contraluz.

DORMITORIO DE SEÑORITA, AÑO 1937

Entrando a la derecha una cama de plaza y media, con la cabecera pegada a la pared y encima un crucifijo con la cruz de madera y el Cristo de bronce. A la izquierda de la cama una pequeña biblioteca de cuatro estantes cargados de libros de texto de la escuela normal y algunas novelas. Los libros de texto forrados con papel marrón y etiquetados, "María Mabel Sáenz-Colegio Nuestra Señora del Pilar-Buenos Aires". A la derecha de la cama la mesa de luz con un velador de pantalla de gasa blanca con motas verdes, al·igual que las cortinas de las ventanas y el cubrecama. Debajo del vidrio de la mesa una foto postal de la rambla

La Perla de Mar del Plata, una foto postal de Puente del Inca en Mendoza y la fotografía de un joven grueso con cuidadas ropas de campo, al lado de un caballo y un peón que asegura la cincha. A los pies de la cama una piel de conejo veteada de blanco, negro y marrón. En la pared opuesta a la cama una ventana con, a un lado, una repisa adornada de muñecas, todas de cabello natural y ojos movibles, y al otro lado una cómoda con espejo. Sobre la cómoda un juego de espejo de mano y cepillos con mangos de terciopelo colocados en círculo alrededor de un portarretrato de nonato con la fotografía de una muchacha sentada, el vestido formando drapeados en torno al busto, collar de perlas, cabello lacio con raya al medio y rizado permanente en las puntas. Otros adornos de las paredes: una pila bautismal de nácar, un grupo de tres banderines estudiantiles, una imagen de Santa Teresita tallada en madera y un grupo de cuatro fotografías con vidrio y marco tomadas en distintos momentos de un asado campero con la presencia de un joven grueso con cuidadas ropas de campo. En el centro del cielorraso una araña y la pared opuesta a la puerta de acceso enteramente ocupada por un ropero. Cama, mesa de luz, cómoda, espejo, araña y ropero del estilo llamado provenzal o rústico, de madera oscura y herrajes prominentes; la repisa y los estantes para libros en cambio de madera lisa, clara y barnizada. En el ropero hay colgados vestidos, abrigos y dos delantales blancos tableados y almidonados. A la barra de donde cuelgan las perchas hay atado un pequeño envontorio de seda lleno de fragantes flores secas de alhucema. En el mismo ropero a un lado se alinean cajones cargados de ropa interior, blusas, pañuelos, medias, toallas y sábanas. Escondido entre sábanas de hilo bordadas: un forro para bolsa de agua caliente de lana floreada y bordes de puntilla. Adentro del forro dos libros científicos titulados *Educación para el matrimonio* y *La verdad sobre el amor*. Entre dichos libros una fotografía donde con otros jóvenes se ve una pareja sentada junto a un mantel de picnic, ella con aire ausente y él apuntando a un plato con un tenedor. Detrás de la fotografía se lee el siguiente texto: «Mi amor: este fue el día más felis de mi vida. ¡Nunca soñé que pudiera hacerte mía! El día de la primavera. Escondé esta foto hasta que se arregle todo. Te escribo estas indiscresiones a propósito así no la podés mostrar a nadie, porque en esa pose parezco un pabote y un poco "alegre". Ya sabés que por ahí me quieren hacer fama de borrachín.

»En este momento te agarraría de la mano y te llevaría hasta el cielo, o por lo menos ha alguna parte lejos de acá. ¿Te acordás de los sauces llorones al lado de la lagunita? Yo no me los olvido más.

»Te quiere más y más Juan Carlos, 21 de setiembre de 1935».

En el mismo cajón, debajo del papel blanco clavado con tachuelas que cubre el fondo, están escondidos dos números de la revista *Mundo femenino,* publicados con fechas 30 de abril y 22 de junio de 1936. En la sección "Correo del corazón" figuran consultas de una lectora que firma "Espíritu confuso" y las respectivas respuestas que da María Luisa Díaz Pardo, redactora de la sección. El texto del primer número es el siguiente: «Querida amiga: hace más de un año que compro esta revista y siempre leo su sección, por lo general apasionante. Pero no me imaginé que un día tendría que recurrir a su consejo. Tengo dieciocho años, soy maestra, recién recibida, y mis padres tienen una posición desahogada. Me ama un muchacho bueno pero de incierto porvenir. Es muy joven todavía, y puede cambiar, pero mi familia no lo quiere. Trabaja como perito mercantil pero ha tenido discusiones con sus superiores por frecuentes ausentismos. Ha pasado una época de resfríos continuos y a menudo se siente cansado. Yo se lo creo pero la versión circulante es que le gusta demasiado divertirse, que es muy mujeriego, que por lo menos una vez a la semana se embriaga con sus amigotes. Me acompaña en paseos y bailes desde hace unos meses, al principio yo estaba segura de quererlo con toda el alma, pero cada día (él viene hasta la puerta de calle a la tardecita después del trabajo, yo lo espero allí así no tiene que entrar ni tocar el timbre, y merodeamos un poco por las calles del pueblo o por la plaza y si hace mucho frío nos quedamos refugiados en el zaguán, que de ahí no pasa nuestra intimidad) cuando se va y entro a casa tengo que soportar los reproches de mis padres, reproches que cual gota de agua van horadando la piedra. Así es que espero con agrado la llegada de él todos los días pero ni bien entreveo acercarse su apuesta figura ya estoy nerviosa pensando en que puede salir mi mamá, o peor aún mi papá, y exigir a mi festejante alguna explicación o hacerle alguna insinuación hiriente, todo lo cual hace que él me encuentre a menudo irritable. Yo le digo que es la nerviosidad natural de mi primer año ejerciendo como maestra, nada menos que de quinto grado. Pero lo que me ha tornado irritable es la duda: ¿lo quiero o no lo quiero? Últimamente ha surgido un nuevo personaje en discordia: un joven estanciero de origen inglés, menos apuesto que "él" pero de trato más agradable, se ha valido de su amistad con papá para introducirse en casa y dirigirme palabras galantes. Y he aquí la disyuntiva... nos ha invitado a mí y a una acompañante (elegiré a una tía materna) a pasar en su estancia los cuatro días feriados que tendremos a partir del próximo 25 de mayo, y mis padres insisten en que vaya, a lo cual "él" se ha opuesto rotundamente. Yo he decidido... ir, porque de ese modo sabré si lo echo de menos o no. ¿Pero si cumple su palabra y no me mira más como efectivamente me ha conminado?

»Amiga, aguardo su consejo valioso, suya

»Espíritu confuso (Pcia. de Buenos Aires)».

La respuesta de la redactora es la siguiente: «Envidiable Espíritu confuso: No te envidio la confusión del espíritu sino lo mucho que tienes en la vida. Creo que a tu festejante no lo quieres tanto como para afrontar el rompimiento con tus padres. Tu caso es típico de las jovencitas crecidas en el seno de un hogar feliz y próspero. Seguir con tu amorío (perdóname el término) significaría romper esa armonía familiar que ya sientes amenazada. Y créeme que por un amorío no se paga semejante precio. Eres muy joven y puedes esperar la llegada de un príncipe azul al paladar de todos. Que lo pases bien en la estancia, estudia inglés y trata de aprender por último, nunca al principio, la palabra "yes", que significa... ¡sí! Usando poco ese monosílabo conquistarás al mundo y, más importante aún, asegurarás tu felicidad y la de tus padres. Siempre a tus órdenes

»María Luisa Díaz Pardo».

La consulta del número correspondiente al 22 de junio de 1936 es la siguiente: «Querida amiga: la vida me ha jugado una mala pasada. Lo que Usted me aconsejó estaba acertado, pero han surgido complicaciones imprevistas. En efecto mi festejante se enojó al ir yo a esa estancia, y tal incidente sirvió para cortar nuestras relaciones. Le confieso que la estadía en la estancia no fue lo que me esperaba pues pasábamos largos ratos frente a frente con ese caballero sin decir una palabra. En el momento de despedirnos me quiso arrancar una promesa pero yo le dije que no me parecía el caso, ya que a él yo no le inspiraba ni palabras ni gestos. Me respondió que el carácter inglés es así, de poco hablar, que envidiaba a los latinos dicharacheros, pero que él aun en silencio se encontraba muy a gusto junto a mí. En cuanto a los gestos, eso fue tan sólo una forma mía de decir, significando que no me arrancaba flores, o que no seleccionaba discos a mi gusto (siempre hacía oír los de su predilección), pero él lo comprendió mal, creyó que yo le reprochaba que no intentase tomarse libertades conmigo. Respecto a eso aclaró que si nuestras vidas habrían de unirse, para eso quedaría tiempo. Qué poco romántico ¿verdad? Yo sinceramente esperaba un beso de pasión para terminar de saber si él me agradaba o no. De todos modos no le prometí nada, ¿qué quiere decir "yes"? ¡ignoro esa palabra! y como Usted lo anticipó eso surtió efecto porque ha escrito a mis padres invitándonos a todos para las vacaciones de invierno a partir del día 9 de julio, por dos semanas completas. Es posible que aceptemos. Pero lo que tengo ahora que contar es tan triste que me abruma y no sé como expresarme.

»Pocos días después de volver del campo mi papá me llamó aparte, en su escritorio nos aguardaba nuestro médico de familia. En la más total confidencia me dijo que mi ex festejante estaba algo delicado de los pulmones, según lo revelaban los análisis recientes ¡padece de un principio de cierta enfermedad altamente contagiosa! Yo no daba crédito a mis oídos y hasta pensé que se trataba de una treta de papá. El médico agregó que yo debía rehuir su compañía y que dado el enojo surgido apenas dos semanas atrás yo debía aprovechar esa excusa y no verlo más, hasta que lograra curarse. Al día siguiente vi a la madre y a la hermana de mi ex festejante casualmente en un comercio y las noté cariñosas conmigo, pero terriblemente entristecidas. Quedé convencida de que todo era, desgraciadamente, verídico. Además al día siguiente, sin consultarme, mi mamá me dijo que a las cinco teníamos hora con el médico para tomarme algunas radiografías. Ya hemos visto el resultado: estoy sana.

»Ahora bien, ¿qué hacer para ayudar a mi querido amigo? En este momento me avergüenzo de haberlo hecho sufrir. Tal vez un día la vida nos vuelva a unir, porque creo amarlo de verdad, ¿o será sólo compasión? Le ruego, amiga consejera, que me ayude a dilucidar mis verdaderos sentimientos. Anhelante espera,

»Espíritu confuso (Pcia. de Buenos Aires)».

La respuesta de la redactora es la siguiente: «Espíritu confuso pero generoso: confío en que saldrás

47

adelante. Seguramente lo que sientes ahora por él es compasión, sumada a la nostalgia de días más jubilosos. He consultado con un médico y me ha dicho que puedes verlo como amiga, tomando precauciones. Trata de no acercarte mucho y de acostumbrarte a palmearlo solamente al encontrarte con él, mientras que al despedirte puedes darle la mano, ya que en seguida tendrás posibilidad de lavarte las manos con jabón y luego empaparlas en alcohol. Sí, ofrécele tu amistad, pero no de manera repentina o sospechosa, espera una oportunidad propicia, pues los afectados por esa enfermedad desarrollan una gran susceptibilidad. No le dejes ver tu compasión. Dado su carácter, es lo que más le heriría.

»En cuanto a tu futuro, no olvides que el inglés es un extraño pero bello idioma. Hasta siempre,

»María Luisa Díaz Pardo».

De este mismo número de la revista *Mundo femenino,* en dos páginas faltan las imágenes, recortadas con tijera, correspondientes a las siguientes leyendas: "Coqueto conjunto para cocktail realizado en seda moirée, con casquete Julieta, según la nueva moda inspirada por la superproducción Metro-Goldwyn-Mayer *Romeo y Julieta,* del inmortal W. Shakespeare. Foto M-G-M." y "La nueva sensación del cine, Deanna Durbin, propone a las jovencitas este luminoso conjunto para ciclismo, realizado en jersey de hilo blanco, destacándose los bordes con vivo en 'zigzag' color rojo. Foto Universal Pictures."

Detrás de la ventana de la habitación ya descripta se ve un primer patio, cubierto por plantas de parra que se trepan y enroscan a un tejido de alambre colocado a modo de techo, más allá canteros con rosales y jazmineros, por último una gran higuera que sobrepasa la altura del tapial lindante con un terreno donde se construye el edificio de dos pisos destinado a la nueva Comisaría. Uno de los albañiles de la obra se protege del sol con una boina vasca de la que escapa el pelo rizado, negro como el bigote espeso sobre la boca grande y como los ojos que miran desde los andamios, por entre las ramas de la higuera en dirección al patio de rosales, jazmineros, parrales y ventanas cubiertas por cortinas de gasa blanca con motas verdes.

AGENDA 1935

Marzo

Martes 14, Santa Matilde, reina. ¡Agenda vieja y peluda! Hoy te empiezo con una viuda.

Miércoles 15, San César, mártir. Pedí adelanto 15 pesos para regalo vesino viuda, regalo viuda y gastos generales.

Sábado 18, San Gabriel Arcángel. Timba en La Criolla, pasa Perico con el auto.

Domingo 19, San José. Milonga en el Club, convidé a Pepe y a los hermanos Barros, dos bueltas. Me la deben para la próxima.

Miércoles 22, Santa Lea, monja. Cita a las 19, Clarita.

Jueves 23, San Victoriano, mártir. Cita en La Criolla, Amalia, conseguir coche.

Sábado 25, Anunciación de la Virgen María. Viuda, 2 de la mañana.

Domingo 26, Pascua de Resurrección. Promesa ir Misa con mamá y Celina, 10 hs. (¿en camilla?).

Jueves 30, Beato Amadeo. Cita en La Criolla, Amalia, pedir coche a Perico. Anular, gripe, pedir Pancho avice Amalia. No, Pancho peligroso, que espere la gorda, sentada para que no se canse.

Abril

Martes 4, San Isidro, mártir. Cobré sueldo menos adelanto ¡ahijuna!

Jueves 6, San Celestino, mártir. Falté trabajo, gripe, cama, recaída.

Viernes 7, San Alberto, mártir. Falté trabajo, gripe, cama.

Lunes 10, San Terencio, obispo. Falté trabajo, gripe, levantado entrecasa.

Martes 11, León I, papa. Vuelta al yugo.

Jueves 20, Santa Adalgisa, virgen. ¡Gané $ 120 timba Club!

Sábado 22, San Anselmo, obispo. Llevar Pancho timba La Criolla, los Barros me la juraron.

Domingo 23, San Alberto, mártir. Ir salida de Misa, pedir disculpas Clarita.
Clarita finiquitada que se haga rogar por su abuela. Juro por mi honor fidelidad viuda, alias la tranquila.

Jueves 27, Santas Ida y Zita. Falté cita viuda, culpa semillón La Criolla, Pancho papelón vomitó mesa. Recordar pedir disculpas viuda, alias la buena.

Julio

Viernes 7, Santa Rita. Llega 20:15 tren de Bs. As. con pupilas de vacaciones. Dar vistaso.

Sábado 8, San Adrián, mártir. Milonga Club Social. Prestar guita Pancho timba La Criolla. Perdió. Me apunté un poroto en el Social.

Domingo 9, San Procopio. Falté cita Misa, imperdonable. La piba más linda del mundo plantada por un pobre desgrasiado. Día entero en casa encerrado, escusa tos. La verdad de la milanesa: ¡qué lindo es dormir hasta las doce!

Lunes 10, San Félix, mártir. ¡La vi! se creyó el cuento de mi hermana ¡gracias Celina! "Se ve que sos serio, preferís quedarte el domingo en casa para curarte el resfrío y trabajar el lunes." Se ve que sos presiosa...

Jueves 13, San Anacleto, papa. Van tres días que no la veo. Cita viuda 23:30 horas.

Viernes 14, San Buenaventura. ¡Gracias San Buenaventura! La encontré a la salida de la novena. Mabel, Mabel, Mabel, Mabel. A las 22 cita con Celina y su hermanito (un servidor) para cine. La película que menos entendí en toda mi vida.

Sábado 15, San Enrique, emperador. Milonga íntima en casa de Mabel, despedida zaguán. El mundo es mío.

Domingo 16, Virgen del Carmen. Se me volvió a Buenos Aires. Puedo hacerme monja y entrar al internado. ¿Quién me lo impide? Es mi vocación.

. . . .

Septiembre

Martes 10, San Casimiro, mártir, Faltan 10 días.
Miércoles 11, San Germán, rey. Faltan 9 días.
Jueves 12, San Serafín, obispo. Faltan 8 días.

Viernes 13, San Eduardo, rey. Falta 7 días.

Sábado 14, San Calixto, obispo. Faltan 6 días. Me pelaron $ 97 en La Criolla.

Domingo 15, Santa Teresa, virgen. Cumplir promesa, ir Misa. Faltan 5 días.

Lunes 16, San Gallo, mártir. Faltan 4 días. Cita Amalia en La Criolla conseguir auto Perico.

Martes 17, Santa Eduvigis, mártir. Faltan 3 días.

Miércoles 18, San Lucas, evangelista. Pasado mañana...

Jueves 19, San Pedro de Alcántara. ¡Mañana!

Viernes 20, Santa Irene, virgen. Tren procedente de Buenos Aires llega 20:15 horas.

¡¡¡Es más linda de lo que me acordaba!¡¡ Nos dimos la mano. Delante de la vieja.

Sábado 21, San Mateo, apóstol. Día de la Primavera, Día de los Estudiantes ¡cómo tardás en llegar! Excursión a picnic en estancia La Carola.

Cita 7:30 frente Confitería La Moderna. Celina lleva comida... SOY EL SER MÁS FELIS DE LA TIERRA Y PROMETO ANTE DIOS COMPORTARME COMO UN HOMBRE DE VERDAD, JURO NO CONTARLO A NADIE Y CASARME CON ELLA.

Domingo 22, San Mauricio, mártir. Salida tren 10:30 horas. Qué lejos está diciembre... Me tiró un beso con la mano delante de la madre. A estas horas ya estará en el colegio.

CUARTA ENTREGA

*Las sombras que a la pista trajo el tango
me obligan a evocar a mí también,
bailemos que me duele estar pensando
mientras brilla mi vestido de satén.*

HOMERO MANZI

El día jueves 23 de abril de 1937 el sol salió a las 5 : 50.
Soplaban vientos leves de norte a sur, el cielo estaba
parcialmente nublado y la temperatura era de 14 grados centígrados. Nélida Enriqueta Fernández durmió
hasta las 7 : 45, hora en que su madre la despertó.
Nélida tenía el pelo dividido en mechones atados con
tiras de papel, mantenidos en su lugar por una rede-
cilla negra que ceñía el cráneo entero. Una enagua
negra hacía las veces de camisón. Calzó un par de
alpargatas viejas sin talonera. Tardó 37 minutos en
componer el peinado diario y maquillarse, interrumpida por cinco mates que le alcanzó su madre. Mientras se peinaba pensó en los entredichos del día anterior con la cajera de la tienda, en la inconveniencia
de desayunarse con café con leche acompañado de pan
y manteca, en la languidez de estómago que habría
de sentir a las once de la mañana, en la conveniencia de tener en el bolsillo un paquete de pastillas de
menta, en el paso siempre animado y rápido de la
caminata a mediodía de vuelta a su casa, en los forcejeos consabidos con Juan Carlos la noche anterior

junto al portón de su casa, y en la necesidad de quitar las manchas de barro de sus zapatos blancos con el líquido apropiado. Al maquillarse pensó en las posibilidades seductoras de su rostro y en las distintas opiniones escuchadas sobre el efecto positivo o negativo del sombreado natural de las ojeras. A las 8:30 salió de su casa. Vestía uniforme de algodón azul abotonado adelante, con cuello redondo y mangas largas. A las 8:42 entró en la tienda Al Barato Argentino. A las 8:45 estaba en su puesto detrás de la mesa de empaquetar, junto a la cajera y su caja registradora. Los demás empleados, veintisiete en total, también se dispusieron a ordenar sus puestos de trabajo. A las 9 horas se abrieron las puertas al público. La empaquetadora compuso su primer paquete a las 9:15, una docena y media de botones para traje de hombre. Entre las 11 y las 12 debió apresurarse para evitar que los clientes esperasen. Las puertas se cerraron a las 12 horas, el último cliente salió a las 12:07. A las 12:21 Nélida entró a su casa, se lavó las manos, notó que su padre —en el galpón del fondo afilando tijeras de podar— la había visto llegar y había agachado la cabeza sin saludarla. Se sentó a la mesa, de espaldas a la cocina a leña. Su padre entró a lavarse las manos en la pileta ocupada por una cacerola sucia y le reprochó que la noche anterior se hubiese despedido de Juan Carlos casi a medianoche, pese al viento frío, conversando junto al portón desde las 22:00. Nélida tomó la sopa sin contestar, su madre sirvió papas hervidas e hígado saltado. Cada uno tomó tres cuartos de vaso de vino. Nélida dijo que la cajera no la había saludado al entrar a la tienda, cortó algunos granos de un racimo de uvas y se recostó en su habitación. Pensó en el gerente de la tienda, en el cuello duro desmontable que usaba siempre, en la vendedora señalada como su amante, en la conveniencia de encontrarlos en el sótano en actitud comprometedora para así poder asegurarles su total discreción y hacerse acreedora a un favor, en el doctor Aschero y su atractiva camisa médica de mangas cortas y martingala en la espalda, en cómo le desfavorecía quitarse la camisa, en el batón de seda china importada de la señora Aschero, en el uniforme gris de la sirvienta Rabadilla, en el frente de la casa del doctor Aschero con zócalo de mármol negro de un metro de altura constrastando con el revoque blanco del resto de la pared, en el frente de ladrillos de la casa de Juan Carlos y en el patio con palmeras que se divisaba desde la calle, en el cuello almidonado de la camisa a rayas de Juan Carlos, en su queja de que el almidón le había irritado la piel del cuello, en su pedido de que ella le besara la piel afectada, en los forcejeos que siguieron en la posibilidad de que Juan Carlos la abandonara en caso de comprobar que había habido otro hombre en su vida, en la posibilidad de dejar que Juan Carlos lo comprobara sólo pocas semanas antes del casamiento, en la posibilidad de que Juan Carlos lo comprobara la noche de bodas, en la posibilidad de que Juan Carlos la estrangulara en un hotel de Buenos Aires la noche de bodas, en el olor a desinfectante del consultorio del doctor Aschero, en el auto verde oliva del doctor Aschero, en la enferma que salvaron en una chacra, en la luz del sol que entraba por la ventana y no la dejaba conciliar el sueño, en el esfuerzo para

55

levantarse de la cama y cerrar las persianas, en el alivio que significa para la vista la habitación en penumbra. A las 13:30 su madre la despertó con un mate dulce, a las 14 horas ya había recompuesto su arreglo personal, a las 14:13 entraba en la tienda, agitada por la caminata a paso cerrado. A las 14:15 se colocó puntualmente detrás de su mesa de empaquetadora. Descubrió con sorpresa la existencia escasa de papel en rollo mediano, buscó con la vista al gerente, no lo vio, inmóvil pensó en la posibilidad de que el gerente pasara y no la viera en su puesto mientras ella iba a buscar el repuesto necesario al sótano. La cajera no estaba sentada todavía en su banquillo, Nélida bajó corriendo al sótano y no encontró el repuesto. Al volver se enfrentó con el gerente quien inmediatamente llevó la mano a la cintura y desenfundó el reloj de bolsillo con gesto severo. Dijo a Nélida que llegaba tarde a su puesto. Nélida respondió que había ido a buscar algo al sótano y no lo había encontrado, ya en su puesto le mostró el rollo con poco papel. El gerente contestó que había suficiente papel para el día y que si se le terminaba podía usar el rollo grande y calcular el ancho del rollo como si fuera el largo del paquete a hacer. Sin mirar a Nélida agregó que era necesario emplear el ingenio y ante todo estar en su puesto a la hora debida. Esto último lo dijo de espaldas mientras se alejaba, para evitar contestación. A las 14:30 se abrieron las puertas de la tienda. Resultaron fáciles de resolver los paquetes de cortes de género y de artículos de la sección "Mercería Fina" y dificultosos los sombreros. Habitualmente el artículo que Nélida empaquetaba con mayor placer era la oferta especial de una docena de botones tintineantes cosidos a recortes cuadrados de cartón; en cambio temía a las macetas con plantas de la nueva sección anexa "Vivero Siempreverde". Cambió palabras amables con la clienta que observaba halagada su cuidado para no quebrar durante el manipuleo del empaquetado la pluma del sombrero. La cajera intervino en la conversación con observaciones lisonjeras, y al desaparecer la clienta miró la cajera a Nélida por primera vez en el día y le dijo que el gerente era una porquería. A las 18:55 comenzaron a cerrar las puertas de la tienda y a las 19:10 salió la última clienta con un paquete conteniendo un cierre relámpago y la boleta correspondiente. Antes de retirarse Nélida dijo al gerente con expresión impersonal que en el sótano no quedaban repuestos para rollo mediano y salió sin esperar respuesta. El aire afuera estaba agradable y pensó que no haría frío más tarde junto al portón de su casa. Al pasar por el bar La Unión miró con displicencia aparente hacia el interior. Vio la cabeza desmelenada de Juan Carlos de espaldas, en una mesa de cuatro donde se jugaba a los dados. Se detuvo un instante esperando que Juan Carlos diera vuelta la cabeza. No resistió el impulso de mirar hacia las otras mesas. El doctor Aschero tomaba un aperitivo con un amigo y la estaba mirando. Nélida enrojeció y siguió caminando. Su madre secaba el piso del baño y le dijo que quedaba poca agua caliente porque su padre se acababa de bañar. Nélida preguntó malhumorada si había limpiado bien la bañadera. Su madre le preguntó a su vez si la creía una vieja sucia de rancho y le recordó que siempre al volver de la tienda le

tenía preparada la bañadera limpia. Nélida tocó con
asco el pedazo de jabón para lavar ropa del cual habría de servirse para su aseo. Se sumergió en la bañadera semillena. Con sólo la cabeza fuera del agua
pensó en un nuevo producto de la sección "Regalos
Distinguidos": una caja ovalada de celofán incoloro
llena de tabletas traslúcidas verde esmeralda para per-
fumar las aguas de baño. Se alarmó ante la posibilidad
de que el jabón barato le dejara su olor a desinfectante en la piel; el agua de la canilla ya salía fría
cuando terminó de enjuagarse cuidadosamente. Después de secarse olió sus manos y se tranquilizó, pensó
en que Juan Carlos no había querido ir más a bailar
al Club Social los domingos a la tarde prefiriendo
llevarla al cine, pensó en que no tenía ninguna otra
amiga en el Club, pensó en Celina, en sus ojos verdes,
pensó en los gatos de ojos verdes, pensó en la posibilidad de hacerse amiga de un gato, amiga de una
gata, sobarle el lomo, pensó en una gata vieja con
sarna, cómo curarle la sarna, llevarle de comer, elegir
el plato más bonito de la alacena y llenarlo de leche
fresca para una gata vieja sarnosa, pensó en que la
madre de Juan Carlos volviendo de la novena los saludó sin entusiasmo el domingo a la salida del cine,
pensó en la muerte natural o por accidente de la esposa
de Aschero, en la posibilidad de que Aschero la pi-
diese por esposa en segundas nupcias, en la posibilidad
de casarse con Aschero y abandonarlo después de la
luna de miel, en la cita que se daría con Juan Carlos
en un refugio entre la nieve de Nahuel Huapi, Aschero en el tren: en bata de seda sale del retrete y se
dirige por el pasillo hacia el camarote, golpea suave-

mente con los nudillos en la puerta, espera en vano
una respuesta, abre la puerta y encuentra una carta
diciendo que ella ha bajado en la estación anterior,
que no la busque, mientras tanto Juan Carlos acude
a la cita y llega al refugio, la encuentra con pantalones negros y pulóver negro de cuello alto, cabellera
suelta rubia platinada, se abrazan, Nélida finalmente
se entrega a su verdadero amor. Nélida pensó en la
posibilidad de no secar el piso del baño. Después de
vestirse lo secó. Su madre comió las sobras del hígado
saltado y Nélida una milanesa con ensalada de lechuga
y huevos duros. Su padre no se sentó a la mesa como
era su costumbre por la noche. A las 20:30 sintoni-
zaron una estación de radio que trasmitía un programa de canciones españolas. Sin dejar de escuchar la
madre levantó la mesa, Nélida le pasó un trapo hú-
medo al hule e instaló su costurero y un vestido al
que faltaba confeccionar los ojales. A las 21:00 terminó el programa español y comenzó una audición
de recitados camperos. A las 21:20 Nélida comenzó
a retocar su peinado y maquillaje. A las 21:48 se
instaló en la entrada de la casa junto al portón. A las
22:05 divisó a Juan Carlos a una cuadra de distancia.
A las 22:20 Nélida y Juan Carlos vieron que la luz
del dormitorio de los padres estaba ya apagada. Dejaron la vereda y dieron unos pasos hacia adentro.
Nélida como de costumbre apoyó la espalda contra la
columna metálica, sostén del alero de chapas. Cerró
los ojos como de costumbre y recibió en la boca el
primer beso de la noche. Sin darse cuenta decidió
que si la viejita mendiga del portal de la iglesia le
ponía un puñal en la mano con gusto mataría a Celina.

Juan Carlos volvió a besarla, esta vez estrechándola muy fuerte con los brazos. Nélida recibió caricias, más besos, un piropo y abrazos de variada intensidad. Con los ojos cerrados le preguntó a Juan Carlos si estaba aprovechando sus días de licencia para descansar y también le preguntó qué había hecho esa tarde antes de ir al bar. Él no le contestó. Nélida abrió los ojos al notar que él la soltaba y daba un paso hacia el cerco de ligustro, prolijamente podado por su padre. Nélida abrió los ojos más aún al ver que Juan Carlos estiraba una mano y arrancaba una rama, a continuación dijo que ella le contaba todo lo que hacía y no veía la razón por la cual él no podía hacer lo mismo. Juan Carlos repuso que los hombres necesitaban callar ciertas cosas. Nélida le observó el cabello abundante con algunos mechones sueltos metalizados por la luz blanca de una lamparita del alumbrado municipal colocada en el medio de la calle, y sin saber por qué pensó en terrenos baldíos cubiertos por matorrales y pastos curvados, iluminados a la noche por las lamparitas del alumbrado municipal; Nélida le miró los ojos claros, no verdes como los de Celina sino castaño claros y sin saber por qué pensó en lujosos jarros de miel; Juan Carlos cerró los ojos cuando ella le acarició la cabeza despeinada y Nélida al verle las pestañas espesas y arqueadas pensó sin saber por qué en alas de cóndor desplegadas; Nélida le miró la nariz recta, el bigote fino, los labios gruesos, le pidió que le mostrara los dientes y sin saber por qué pensó en casas de la antigüedad vistas en libros de texto con balaustradas blancas y columnatas sombreadas altas y elegantes; Nélida le miró la nuez colocada entre los dos fuertes músculos del cuello, y los hombros anchos, y sin saber por qué pensó en los nudosos e imbatibles árboles de la pampa bárbara: el ombú y el quebracho eran sus árboles favoritos. A las 23:20 Nélida le permitió pasarle la mano por debajo de la blusa. A las 23:30 Juan Carlos se despidió reprochándole su egoísmo. A las 23:47 Nélida terminó de dividir su pelo en múltiples agrupaciones sujetas con papel. Antes de dormirse pensó en que el rostro de Juan Carlos no tenía defectos.

El ya mencionado jueves 23 de abril de 1937 Juan Carlos Jacinto Eusebio Etchepare se despertó a las 9:30 cuando su madre golpeó a la puerta y entró al cuarto. Juan Carlos no contestó a las palabras cariñosas de su madre. La taza de té quedó sobre la mesa de luz. Juan Carlos se abrigó con una bata y fue a cepillarse los dientes. El mal gusto de la boca desapareció. Volvió a su habitación, el té estaba tibio, llamó a su madre y pidió que se lo calentara. A las 9:55 tomó en la cama una taza de té casi hirviente, con la convicción de que ese calor le haría bien al pecho. Pensó en la posibilidad de beber constantemente cosas muy calientes y envolverse en paños calientes, con los pies junto a una bolsa de agua caliente, la cabeza envuelta en una bufanda de lana con únicamente la nariz y la boca descubiertas, para terminar con la debilidad de su aparato respiratorio. Pensó en la posibilidad de aguantar sofocado días y semanas en cama, hasta que el calor seco terminase con la humedad de sus pulmones: la humedad y el frío hacían brotar musgo de sus pulmones. Se volvió a dormir, soñó con ladrillos rojizos, el pozo donde se mezclan los materiales para ladrillos, el pozo ardiente de la cal, los ladrillos crudos blandos, los ladrillos en cocción, los ladrillos endurecidos indestructibles, los ladrillos a la intemperie en la obra en construcción de la Comisaría nueva, Pancho le mostraba una pila de ladrillos rotos inservibles que se devuelven al horno para ser triturados y vueltos a cocer, Pancho le explicaba que en una construcción no se desperdiciaba nada. Su madre lo despertó a las 12:00, Juan Carlos estaba sudando. Al levantarse se sintió muy debilitado. Le preguntó a su madre si había agua caliente para bañarse y si tenía la barba muy crecida para ir a la cita con el médico sin afeitarse. Su madre le contestó que se afeitara ya, y que todos los días debería hacerlo al levantarse, y que la noche anterior se había acostado muy tarde, y que a un muchacho como él lo querrían lo mismo las chicas aunque no se afeitara momentos antes de ir a verlas. Agregó que cuando retomara su trabajo en la Intendencia tendría que acostumbrarse a dejar la cama un rato antes y afeitarse, porque era en su trabajo donde tenía que lucir mejor y no por ahí noviando. En ese momento llegó Celina con guardapolvo blanco de maestra y varios cuadernos debajo del brazo, su madre cambió una mirada con ella y preguntó a Juan Carlos adónde había estado la noche anterior hasta las tres de la mañana y si·había perdido dinero en el juego. Juan Carlos contestó que no había estado jugando. Su madre dijo que entonces había estado con Nélida. Juan Carlos asintió. Su madre preguntó cómo era posible que los padres la dejaran conversar en la vereda hasta las tres de la mañana, y al no obtener respuesta pidió a Juan Carlos que si quería bañarse y afeitarse antes de almorzar por favor que lo hiciera en seguida. A las 12:55 Juan Carlos salió del baño duchado, pero sin afeitarse. Al entrar al comedor empezó a notar los síntomas de sus habituales acaloramientos. Su madre y Celina estaban sentadas a la mesa. Juan Carlos se tomó de su silla, pensó en volver al dormitorio y acostarse, ellas lo miraron, Juan Carlos se sentó. Sopa de cabellos de ángel, después carne a la plancha y puré. El bife de Juan Carlos era alto y jugoso, poco cocido, a su gusto. Al empezar a cortarlo ya sintió la frente bañada en sudor. Su madre le dijo que se acostara, era peligroso traspirar y después enfriarse. Juan Carlos no contestó y fue a su cuarto. Pocos minutos después le llevaron la comida en una bandeja a la cama. Juan Carlos halló que el bife estaba frío. Lo llevaron de nuevo a la plancha, Celina lo dejó pocos segundos tocar el hierro de un lado y del otro para que no se cociera demasiado. Juan Carlos lo encontró demasiado cocido. Su madre y Celina estaban de pie en la habitación mirándolo, esperando alguna orden. Juan Carlos les pidió que se fueran a terminar de almorzar. Sin ganas terminó su plato. Cuando su madre entró con el postre, una manzana asada, Juan Carlos ya se sentía mejor y dijo que antes de la serie de resfríos y bronquitis a veces se había sentido muy acalorado después de una ducha, y que tanto él como el resto de la familia se estaban sugestionando inútilmente. El almuerzo le sentó bien. Su madre y Celina dormían la siesta, salió a la calle con la misma ropa del almuerzo —pantalón de franela gris, camisa de lanilla a cuadros celestes, pulóver de manga larga azul— más una campera de cuero marrón oscuro con cierre relámpago. Esa prenda, típica de rico propietario de campo, por la calle despertó reacciones variadas. Juan Carlos sonrió satisfecho al notar la mirada despectiva de un dueño de panadería que conversaba en la vereda con un proveedor. El sol templaba el aire pero a la sombra hacía frío. Juan Carlos eligió la vereda soleada y abrió el cierre de la campera. A las 14:48 llegó a La Unión, el bar de más categoría. En una mesa tomaba café un hombre canoso que lo saludó con alegría agitando la mano al verlo entrar. Juan Carlos aceptó acompañarlo hasta un corral de hacienda a pocos kilómetros del pueblo, pero antes ordenó un café y telefoneó: tratando que no lo oyera nadie dio una excusa falsa a la enfermera para cancelar la consulta. Juan Carlos pensó en la posibilidad de que el médico después de revisarlo le dijese que la semana de descanso le había sentado bien; en la posibilidad de que le impusiera prolongar el descanso más allá de la semana siguiente, fin de su licencia; en la posibilidad de que le impusiera descansar todo el invierno, como ya había insinuado; en la posibilidad de que se hubiera descubierto un inmenso malentendido de radiografías: aquella placa con una leve sombra en el pulmón derecho no era la suya sino otra, la de un pobre condenado a morir después de dos o tres años privándose de mujeres y demás juergas. A las 15:50 Juan Carlos se paseaba bajo el sol por un terreno contiguo al corral en que su amigo hablaba con los peones. El campo era de color marrón claro y oscuro, alrededor de un tanque australiano crecían plantas enanas de manzanilla con tallo verde y flor amarilla y blanca. Juan Carlos recordó que de niño siempre alguien le decía que no masticara la flor de manzanilla, porque era venenosa. A las 16:15 el sol alumbraba menos y Juan Carlos pensó que de haber ido al consultorio a esa hora el médico ya le habría dicho cómo estaba su salud. A las 16:30 su amigo detuvo el coche frente a la obra en construcción de la Comisaría nueva para que Juan Carlos descendiera. Se despidieron hasta más tarde en el bar. Juan Carlos entró en la obra y preguntó a un albañil electricista dónde estaba Pancho. En el futuro patio de la Comisaría tres obreros revocaban las paredes del excusado y duchas para personal subalterno. Pancho le gritó que faltaban solamente quince minutos para terminar la jornada. Juan Carlos se encogió de hombros, Pancho le hizo un corte de manga y siguió trabajando pero pocos segundos después corrió hasta él con la sensación de hacer una travesura y le dio para que se entretuviera el juguete más codiciado por su amigo: un cigarrillo. Juan Carlos fumó en la vereda, consciente de cada pitada. Una niña casi adolescente pasó y lo miró. A las 16:55 los dos amigos llegaron al único lugar donde Pancho se animaba a entrar en mameluco, un bar de fonda frente a la estación del ferrocarril. Juan Carlos le preguntó si por seguir viviendo se avendría a no tener más mujeres, a no tomar y a no fumar. Pancho le contestó que no sacara otra vez ese tema y apuró la copita de grapa. Juan Carlos le dijo que se lo preguntaba en serio. Pancho no contestó. Juan Carlos le iba a decir algo más y se calló: que si tenía que renunciar a vivir como los sanos prefería morirse, pero que aun-

que no le quitasen las mujeres y los cigarrillos lo
mismo prefería morirse si era a cambio de trabajar
como un animal todo el día por cuatro centavos para
después volver a un rancho a lavarse bajo el chorro de
agua fría de la bomba. Juan Carlos le pidió otro cigarrillo. Pancho se lo dio sin protestar. Agradecido
Juan Carlos ordenó más grapa. Pancho le preguntó
si había aprovechado para mirar cómo era, de día,
el patio de la construcción. Juan Carlos preguntó a
Pancho si también él había tenido relaciones sexuales
la noche anterior. Pancho dijo que por ser fin de mes
no tenía dinero para ir a La Criolla. Juan Carlos
le prometió acompañarlo el día 1 y le aconsejó que
mientras tanto abordase a Rabadilla, la sirvienta del
doctor Aschero. Pancho le preguntó por qué la llamaban Rabadilla y Juan Carlos contestó que cuando
chica tenía el trasero prominente y en punta como la
rabadilla de una gallina; en el rancho donde la crió
una tía la empezaron a llamar así. A las 17:40 cerraron
la discusión sobre Rabadilla aconsejando Juan Carlos
a Pancho que si no se apresuraba a dar el zarpazo se
le adelantaría cualquier otro. A las 18:00 entró solo
al bar La Unión, notó que ningún parroquiano to-
sía. En una mesa junto a la ventana estaban el agró-
nomo Peretti, el comerciante Juárez y el veterinario
Rolla: respectivamente un cornudo, un infeliz y un
amarrete, pensó Juan Carlos. En una mesa vecina
había tres empleados de banco: tres muertos de hambre, pensó Juan Carlos. En otra mesa, el doctor Aschero y el joyero-relojero Roig: un hijo de puta con
aliento a perro y una comadreja chupamedias, pensó
Juan Carlos. Se dirigió a una mesa del fondo donde

se lo esperaba para jugar al póker, sentados lo rodea-
ban tres hacendados: un cornudo más, otro cornudo
y un borrachín suertudo, pensó Juan Carlos. Estaba
muy acalorado pero al quitarse la campera la sensación
pasó; contempló la posibilidad de ganar como el día
anterior para cubrir todos los gastos de bar y cine de
las dos semanas de licencia, y se concentró en el juego. Una hora después sintió picor en la garganta, re-
primió la tos y buscó con la mirada al mozo: el segundo pocillo de café no llegaba. Tenía los pies fríos,
de la cintura para arriba se le desprendía en cambio
un vaho caliente, se desabrochó el botón del cuello.
El mozo trajo el café. El picor de la garganta recrude-
ció. Juan Carlos rápidamente quitó el envoltorio a los
terrones de azúcar y sin esperar que se disolvieran
apuró el pocillo entero. Con disimulo se tocó la frente,
caliente pero todavía seca, pensó que la culpa de todo
la debía tener el portón frío de la casa de Nené. Recién entonces recordó que ella ya habría pasado por
la vereda. A las 20:15 después de haber perdido pocos
centavos volvió a su casa y fue directamente al baño.
Se afeitó con jabón especial, brocha y un jarro de
agua hirviente que su madre le alcanzó. A las 20:40
se sentaron a la mesa. Celina contó que la madre de
Mabel estaba desesperada porque la ausencia de la
mucama la obligaba a trabajar sin descanso, justamente en época de remates de hacienda, con el novio de
Mabel de paso por Vallejos y constantemente de visita
en la casa. Terminada la cena Celina tocó una pieza
del álbum nuevo que le había llegado de Buenos Aires,
titulado "Éxitos melodiosos de José Mojica y Alfonso
Ortiz Tirado". Juan Carlos les recordó que era el mo-

mento de fumar el único cigarrillo diario permitido por el médico. Entonces su madre tratando de no dar importancia al tema le preguntó qué había dicho el médico esa tarde. Juan Carlos respondió que por una emergencia el médico había debido abandonar el consultorio toda la tarde. A las 22:00 salió de su casa, caminó dos cuadras por calles de tierra y se encontró con Nélida. Cuando estuvieron seguros de que los padres dormían, se besaron y abrazaron en el jardín. Juan Carlos como de costumbre pidió a Nélida que le cediera sus favores. Ella se negó como de costumbre. Juan Carlos pensó que Nélida era la Reina de la Primavera 1936, la besó por segunda vez ciñiéndola con fuerza y pensó en las maniobras que infaliblemente la seducirían como habían seducido a muchas otras. Pero Juan Carlos no dejó que sus manos descendieran más allá de la cintura de Nené. Estuvo por decirle que no era un tonto, que solamente hacía el papel de tonto: «che pibe, vos estás delicado, no te pasés de hembras porque vas a sonar, tratá de reducir la cuota, ya no te lo digo más, la próxima voy y como médico de la familia se lo digo a tu vieja». Dominado por un impulso Juan Carlos repentinamente tomó una mano de ella y suavemente la llevó hacia abajo, frente a su bragueta, sin alcanzar a apoyarla. Era la primera maniobra de su estrategia habitual. La mano de Nené oponía una resistencia relativa. Juan Carlos titubeó, pensó que en el jardín de Nené no crecían flores silvestres de manzanilla, según algunos eran venenosas ¿sería cierto?, ese invierno haría mucho frío en el portón ¿se cumpliría su plan secreto antes de empezar los fríos? ¿todas las noches de invierno en ese portón?

pensó en un picaflor que deja una corola para ir a otra, y de todas liba el néctar ¿había gotas de néctar en las flores de manzanilla? parecían secas. Pensó que tenía veintidós años y debía conducirse como un viejo. Soltó bruscamente a Nélida y dio un paso hacia el cerco de ligustro. Con rabia arrancó una rama. A las 23:20 consideró necesario acariciarle los senos pasando su mano por debajo de la blusa y corpiño, porque debía mantenerla interesada en él. A las 23:30 se despidieron. A las 23:46 Juan Carlos pasó por la construcción de la Comisaría. En las casas de la cuadra no había ventanas encendidas, no había gente en las veredas. A una cuadra de distancia se veía una pareja caminar en dirección a él. Tardaron cinco minutos en pasar, en la esquina doblaron y desaparecieron. Juan Carlos miró nuevamente en todas direcciones, no se divisaba ningún ser viviente. Ya era medianoche, la hora de la cita. El corazón empezó a latirle más fuerte, cruzó la calle y entró en la construcción. Se abrió paso más fácilmente que la noche anterior, recordando los detalles del patio vistos a la luz del día. Pensó que para subir al tapial de casi tres metros de altura un viejo necesitaría una escalera, no podría treparse como él por los andamios. Ya en lo alto del tapial pensó que un viejo no podría pasar de un salto al patio contiguo. Sin saber por qué recordó a la niña casi adolescente que lo había mirado esa tarde, provocándolo. Decidió seguirla algún día, la niña vivía en una chacra de las afueras. Juan Carlos se refregó las manos sucias de polvo contra la campera de estanciero y se preparó para dar el salto.

QUINTA ENTREGA

...dan envidia a las estrellas,
yo no sé vivir sin ellas.

ALFREDO LE PERA

El ya mencionado jueves 23 de abril de 1937, María
Mabel Sáenz, conocida por todos como Mabel, abrió
los ojos a las 7:00 de la mañana cuando su reloj despertador de marca suiza sonó la alarma. No pudo man-
tenerlos abiertos y volvió a quedarse dormida. A las
7:15 la cocinera golpeó a su puerta y le dijo que el
desayuno estaba servido. Mabel sentía todos los nervios
de su cuerpo adormecidos, entibiados, protegidos por
vainas de miel o jalea, los roces y los sonidos le llegaban amortiguados, el cráneo agradablemente hueco,
lleno sólo de aire tibio. El olfato estaba aguzado, junto
a la almohada de hilo blanco la nariz se estremeció en
primer término, el olor a esencias de almendra, a
rastros de brillantina en la almohada, el olor pasó a
estremecerle el pecho y se propagó hasta las extremidades. A las 7:25 tomó café con leche casi frío sentada
sola en el comedor, no quiso que la cocinera se lo re-
calentara, en cambio ordenó tostadas recién hechas,
crocantes, las untó con manteca. A las 7:46 entró a la
escuela Número 1, dependiente del Ministerio de Educación de la Provincia de Buenos Aires. A las 7:55
sonó la campana para formar filas en el patio. Mabel
se colocó al frente de la fila de alumnos de quinto

grado División B. La Directora de la escuela dijo «Buenos días, niños», los alumnos contestaron a coro «Buenos días, señora Directora». A las 8:01 sonó otra vez la campana y cada fila se dirigió a su aula. En la primera hora Mabel tomó lección de Historia, tema Los Incas. La campana del recreo sonó tres veces, a las 9:00, 10:00 y 11:00; la campana de finalización de clases sonó exactamente a mediodía. Para entonces Mabel había cumplido con su plan de la mañana: explicar nuevos problemas de Interés, Razón y Capital, evitar acarrear hasta su casa los cuadernos encarpetados corrigiendo los deberes en la misma clase mientras los alumnos resolvían problemas suplementarios de aritmética en sus cuadernos borradores, avisar en uno de los recreos a Celina que tal vez iría después de almorzar a su casa y evitar trato con los alumnos ya hombres que se sentaban al fondo de la clase. Alas 12:20 llegó a su casa con mucho apetito, su madre le preguntó si podía esperar hasta las 14:00 para almorzar junto con su padre y posiblemente con su novio Cecil, de vuelta del remate ganadero. Mabel tenía preparada la respuesta. La cocinera le hirvió separadamente algunos ravioles para servirlos con caldo de gallina. Su madre no la pudo acompañar porque debía bañarse y cambiar de ropa, había estado toda la mañana limpiando y no era su costumbre. Mabel probó el pollo asado después de los ravioles pero se abstuvo del postre. Argumentó que debía ir a preparar clases de idioma con la ayuda de Celina, si se quedaba en casa tendría que atender a Cecil hasta media tarde por lo menos, entre almuerzo y cognac de sobremesa. A las 13:45 Mabel entró en casa de la familia

Etchepare sin golpear. Cumpliendo con el pedido de Mabel, Celina la hizo pasar directamente a su cuarto. Mabel tenía los párpados pesados y con dificultad prestaba atención a las quejas de Celina: Juan Carlos trataba mal a su madre y hermana, seguramente instigado por Nené, y no se cuidaba, la noche anterior había estado con esa cualquiera hasta las tres, pescarse una tuberculosis era muy fácil. Mabel le dijo que la noche anterior había dormido menos de cuatro horas, por atender a Cecil en plática con su padre, que si le permitía se quedaba a dormir la siesta con ella. Celina le cedió la cama y se recostó sobre almohadones en el suelo. Mabel cerró los ojos a las 14:10 y seguía durmiendo cuando el reloj de péndulo marcó las 17:00. Celina la despertó y le ofreció té. Mabel no lo quiso y salió corriendo hacia su casa, le había prometido a su madre acompañarla al cine a la función de la tarde. Al llegar a la esquina de su casa vio que su padre y Cecil hablaban en el zaguán y se disponían a subir al auto. Antes de que la vieran Mabel entró al almacén que ocupaba la esquina. Compró una caja grande de galletitas para justificar su presencia, titubeó entre sus dos marcas favoritas: la del dibujo con damas rococó y la del dibujo con una elegante pareja moderna vestida de gala. A las 17:15 entró a su casa, había cumplido su plan de la tarde: escapar de su padre quien la habría obligado a atender a Cecil, y dormir una siesta reparadora. Pese al apuro madre e hija abrieron la caja de galletitas, y a las 18:05 entraron al Cine Teatro Andaluz, único cinematógrafo del pueblo y administrado por la Sociedad Española de Socorros Mutuos. En el vestíbulo decorado con mosaicos típicos, Mabel observó los carteles de la película anunciada y notó que las modas eran de por lo menos tres años atrás, comprobó decepcionada que las películas norteamericanas tardaban en llegar a Vallejos. Se trataba de una comedia lujosa, ambientada en escenarios que le encantaron: amplios salones con escalinatas de mármol negro y barrotes cromados, sillones de raso blanco, cortinados blancos de satén, alfombras de largo pelaje blanco, mesas y sillas con patas cromadas, por donde se desplaza una hermosa rubia neoyorquina, dactilógrafa, que seduce a su apuesto patrón y mediante trampas lo obliga a divorciarse de su distinguida esposa. Al final lo pierde pero encuentra a un viejo banquero que la pide en matrimonio y le lleva a París. En la última escena se ve a la dactilógrafa frente a su mansión parisiense bajando de un suntuoso automóvil blanco, con un perro danés blanco y envuelta en boa de livianas plumas blancas, no sin antes cambiar una mirada de complicidad con el chófer, un apuesto joven vestido con botas y uniforme negros. Mabel pensó en la intimidad de la rica ex dactilógrafa con el chófer, en la posibilidad de que el chófer estuviera muy resfriado y decidieran amarse con pasión pero sin besos, el esfuerzo sobrehumano de no besarse, pueden acariciarse pero no besarse, abrazados toda la noche sin poder quitarse la idea de la cabeza, las ganas de besarse, la promesa de no besarse para impedir el contagio, noche a noche el mismo tormento y noche a noche cuando la pasión los arrebata sus figuras en la oscuridad resplandecen cromadas, el corazón cromado se agrieta y brota la sangre roja, se desborda y tiñe el raso blanco, el satén blanco, las plumas blancas: es cuando el metal cromado no logra ya sujetar la sangre impetuosa que las bocas se acercan y todas las noches se regalan el beso prohibido. A las 19:57 Mabel y su madre llegaron de vuelta a casa. A las 20:35 entraron el padre y Cecil, satisfechos por haber dejado todo organizado para el remate de la mañana siguiente, último de la feria otoñal. Cecil dio un beso en la mejilla a Mabel. Tomaron vermouth como aperitivo. A las 21:00 se sentaron a la mesa. Comieron sardinas con papas y mayonesa y luego carne a la portuguesa, queso y helado. Hablaron principalmente el padre y Cecil, comentando las ventas de la mañana, y las posibilidades del día siguiente, tratando de adelantar un balance general de la semana. Al llegar el momento del café y el cognac se dirigían a los sillones de la sala cuando el padre sacó a colación su duda sobre un precio de toro Hereford y arrastró a Cecil al escritorio. Mabel les alcanzó los pocillos y las copas. Ella y su madre se sentaron en la sala y comentaron la película. A las 22:30 Mabel y Cecil quedaron solos en la sala, sentados en el mismo diván. Cecil la besó tiernamente repetidas veces y le acarició la nuca. Habló de lo muy cansado que estaba, del descanso que le esperaba en la estancia al término de la feria, de los libros de historia recién recibidos de Inglaterra que iba a leer: su lectura favorita era todo lo relacionado con la historia de Inglaterra. Se retiró a las 23:05 después de haber tomado tres copas de cognac sentado junto a Mabel, que se sumaban a las dos que había tomado en el escritorio, a los dos aperitivos de vermouth y a las tres copas de vino tinto vaciadas durante la comida. Mabel exhaló un suspiro de alivio y miró si la puerta del dormitorio de sus padres estaba abierta. Estaba cerrada. Llevó la botella de cognac a su cuarto y la escondió debajo de la almohada. Volvió al comedor, abrió el aparador y sacó dos copas para cognac, que se unieron a la botella escondida. Fue al baño y rehizo su maquillaje. Se perfumó con la loción francesa que más atesoraba. Se puso el púdico camisón de batista con manga corta, buscó dos revistas, entreabrió la ventana, reacomodó botella y copas y se acostó. A las 23 : 37 estaba cómodamente instalada y en condiciones de iniciar la lectura de las revistas *Mundo femenino* y *París elegante*. Empezó por esta última. Pasó rápidamente las páginas correspondientes a modelos para deportes y para calle, seguía pensando en Cecil, cada vez le parecían más largos los minutos pasados en su compañía, estaba alarmada. Páginas más adelante aparecían los modelos para cocktail. Mabel los observó pero tampoco logró interesarse. A continuación un pequeño artículo le llamó la atención: el lenguaje del perfume. La especialista francesa recomendaba para la mañana frescas lavandas que habrían de avivar el interés del hombre por la mujer; para la tarde temprano —en recorridas por museos y algún alto para el té— fragancias más dulces, creadoras del sortilegio que se habría de acercentar a la hora del cocktail —seguido de cena a la luz de candelabros en un club nocturno— ya entonces bajo el imperio de otro extracto, pleno de almizcle, todo el aroma de un balcón cargado de jazmines al que se asomaba la mujer fatal de ayer —buscando escapar a luces e intrigas de salones mundanos— o sea el aroma condensado hoy en una gota de extracto "Empire nocturne" para la mujer moderna. A esa página seguían colecciones de pieles y atavíos de gala. Mabel se detuvo en un vestido largo hasta los pies, negro, con amplia falda bordeada de zorro plateado. Recordó que Cecil quería organizar en el futuro recepciones de etiqueta en su estancia. La culminación de esas páginas estaba constituida por un artículo sobre la armonización de pieles y joyas. Se recomendaban aguamarinas o amatistas para el visón claro, para la chinchilla únicamente diamantes, y para el visón marrón oscuro anillos y aros —preferiblemente cortados en gran rectángulo— de esmeraldas. Mabel leyó dos veces el artículo. Decidió sacar el tema de las joyas un día delante de Cecil. Pensó en que Cecil no tenía hermana mujer y que la madre algún día moriría en la casa de North Cumberland, Inglaterra. Miró el reloj despertador, marcaba las 23 : 52. Apagó la luz, se levantó, abrió la ventana y miró en dirección a la higuera. El patio estaba sumido en una oscuridad casi total.

El ya mencionado día jueves 23 de abril de 1937, Francisco Catalino Páez, conocido también como Pancho, se despertó a las 5 : 30 de la mañana como era su costumbre, aunque todavía no hubiese aclarado el día. No poseía reloj despertador. Había luna nueva y el cielo estaba negro, al fondo del terreno en que se levantaba el rancho estaba la bomba hidráulica. Se mojó la cara y el pelo, se enjuagó la boca. Dormía sin camiseta porque le molestaba, el aire afuera estaba frío y entró al cuarto a ponerse el mameluco. En una cama grande dormían sus dos hermanas, arrinconado en el catre de lona dormía su hermano. La cama de Pancho tenía un elástico a resorte y colchón de estopa. El piso era de tierra, las paredes de adobe, el techo de chapas. En el otro cuarto que completaba la casa dormían sus padres con el hijo menor, de siete años. Pancho era el mayor de los varones. La cocina estaba en construcción. Pancho la había empezado con materiales para edificación moderna, de segunda mano. Encendió el carbón del brasero y preparó mate cocido con leche. Buscó pan, no lo encontró. Despertó a la madre; al fondo de una bolsa cargada de zapallos había dos galletas escondidas para Pancho. Las galletas eran blancas, de harina y grasa, los dientes de Pancho eran cuadrados y grandes, pero manchados, oscurecidos por el agua salada de la bomba. Pensó que Juan Carlos estaría recién en el primer sueño y podría seguir durmiendo hasta mediodía, pero no estaba sano y él sí. Pensó en la maestra que debía levantarse a las 7:00 sin haber dormido, Juan Carlos decía que era la más linda del pueblo, sobre todo en malla. Pero era morocha. La otra, sin embargo, era rubia, y blanca. La madre le preguntó si las galletas no habían tomado olor a humedad. Pancho dijo que no y le miró la piel oscura de india, el pelo color tierra, lacio, rebelde, veteado de canas. Pancho desde el alambrado del club había visto a Mabel en malla, pero era morocha. Las piernas de la otra eran blancas, iba a la tienda sin medias. Pancho pasó un peine grueso por su maraña de pelo negro rizado, el peine se atascaba. Su madre le dijo que tenía el pelo tupido como ella, como los criollos, y enrulado como su padre valenciano. Pero los ojos negros no podían ser heredados de los antepasados indios sino de los moros que habían ocupado Valencia siglos atrás. La madre le pidió que contrajera los músculos del brazo y se los tocó, su hijo no era muy alto pero sí fuerte, la madre pensó sin saber por qué en los cachorros de oso de un circo que había pasado por Vallejos y le alcanzó otra taza de mate cocido con leche. Pancho pensó que Nené descansaba toda la noche, que su habitación estaba pegada a la de los padres y nadie podía entrar sin ser notado. Pancho pensó en las muchachas del bar-almacén La Criolla, detrás de la bomba hidráulica la cerca de estacas que separaba su terreno del vecino se veía desvencijada, negra de musgo. Pancho sin saber por qué buscó otra cosa que mirar, por el Este salía el sol, había nubes rojas en lo alto, otras rosadas y otras amarillas más cerca del sol, y por detrás el cielo amarillo, más arriba rosado, más arriba rojo y el rancho cubría el horizonte opuesto, que todavía estaba negro, después azul, y cuando Pancho salió rumbo a la construcción de la Comisería nueva un horizonte estaba celeste como el otro. Algunas vecinas de los rancheríos ya estaban levantadas, barrían los patios, tomaban mate. La otra no tenía el pelo duro brotándole de la media frente: su pelo era suave, rubio y de sorprendentes bucles naturales; no tenía vello en las mejillas, sobre el labio superior, en la barbilla: su piel era blanca y lustrosa; no tenía el entrecejo unido de lechuza y el blanco del ojo amarillento: las cejas eran apenas dos hilos curvos, los ojos claros ¿celestes? y la nariz un poco aguileña pero la boca rosada; no era de baja estatura, retacona, gruesa: era alta como él, la cintura casi cabría entera en sus manos grandes de albañil, la cintura se ensanchaba hacia arriba y brotaba el busto blanco, hacia abajo

la cintura se ensanchaba en caderas ¿y el pubis de
las mujeres rubias acaso no tenía vello? en La Criolla
había una rubia teñida pero su pubis era oscuro:
Pancho sin saber por qué se imaginó a Nené dormida
con las piernas entreabiertas, sin vello en el pubis,
como una niñita, y a la tienda en verano iba sin medias; Nené no usaba alpargatas: sus pies estaban calza-
dos en zapatos de taco alto; no traspiraba: no tenía
que fregar como las sirvientas; Nené no era una india
bruta: hablaba como una artista de la radio y al final
de las palabras debidas no olvidaba de pronunciar las
eses. A las 6:45 Pancho entró en la construcción. El
capataz lo mandó a descargar junto con otros dos albañiles un camión colmado de ladrillos y acarrearlos
hasta el patio para levantar las dependencias del personal subalterno. A las 8:07 el capataz le ordenó cavar
un pozo en forma de ele junto al tapial del fondo.
Pancho debió forzar la pala, los compañeros se rieron
y le dijeron que le había tocado un pedazo de terreno
de tosca, la tierra más dura de la pampa. Las piernas
blancas de Nené, los muslos oscuros de las muchachas
de La Criolla, el pubis negro de Mabel, el trasero
oscuro de la Rabadilla, Nené, la Rabadilla, el pubis
sin vello y blanco de Nené, el polvo de tosca se le
adhería a las fosas nasales, le bajaba hasta la garganta.
A las 11:45 el capataz golpeó un palo contra una sartén vieja en señal de descanso. Pancho se lavó la cara
bajo la canilla y luchó con el peine contra su pelambre.
Antes de ir a la casa dio un rodeo de dos cuadras para
pasar por la vereda del doctor Aschero. Rabadilla no
se veía por ninguna parte. Pancho caminó once cuadras hasta su casa. Su hermana mayor le sirvió papas,

zapallo y trozos de carne en caldo de puchero como
todo almuerzo. Pancho le preguntó cómo estaba su
reumatismo, que cuando pudiera volver a trabajar
debía avisarle, él hablaría al constructor, al dueño
del horno de ladrillos y a Juan Carlos ofreciéndola
como sirvienta. A las 13:25 Pancho volvió a la construcción. El capataz no miró el reloj y lo mandó antes
de hora a seguir con el pozo. Pancho no tenía reloj
y obedeció, estaba seguro de que no era la hora de
empezar pero tomó la pala y la clavó en la tosca. Pensó
que el capataz había hablado bien de él delante del
constructor y del comisario de policía. A las 14:35
el capataz lo relevó y lo mandó a la Comisaría vieja
a buscar una de las rejas para calabozo recién llegadas
de Buenos Aires y guardadas en el despacho del sub-
comisario. Pancho tomó coraje y le habló a este último
de su aspiración a entrar en la policía como suboficial.
El funcionario le contestó que necesitaban muchachos
forzudos como él, pero que debía contar con unos
ahorros para el curso de seis meses en la capital de la
provincia. Pancho preguntó si había que pagar por el
curso. El funcionario le aclaró que el curso era gratis
y recibiría comida y techo durante los seis meses sin
sueldo, pero la comisaría de Vallejos podía mandar
aspirantes si de la capital se lo permitían, todo depen-
día de la capital. Pancho cargó la reja fingiendo no
hacer esfuerzo. Temiendo que el subcomisario saliera
a la vereda y lo mirase cubrió la distancia de dos cuadras sin detenerse a descansar. A las 16:32 recibió
con alegría la visita de su amigo Juan Carlos. A las
16:45 el capataz dio otro golpe en la sartén. Pancho
miró la cara de Juan Carlos, buscando signos de en-

fermedad y signos de recuperación. Sentados en la fonda Pancho le dijo que tuviera cuidado con ser descubierto en casa ajena ¿por qué no se conformaba con Nené? Juan Carlos le dijo que ni bien consiguiera lo que ambicionaba, se acabaría Nené, y pidió a Pancho que jurara no contarlo a nadie: Mabel le había prometido convencer al inglés para que lo tomara como administrador de las dos estancias. Juan Carlos añadió que un dueño solo no puede estar en dos estancias a la vez, y el administrador es como si fuera dueño de una de las dos. Pancho le preguntó si seguiría con Nené en caso de conseguir ese trabajo. Juan Carlos contestó que esa pregunta la hacía porque no sabía nada de mujeres. Pancho quería aprender pero fingió burlarse. Juan Carlos dijo que Nené era igual a todas, si la trataban bien se envalentonaba, si la trataban mal marchaba derecha. Lo importante era que Mabel sintiera celos y no se olvidara del favor que debía hacerle. A las 18:23 Pancho se lavó en el rancho debajo del chorro de agua fría de la bomba. A las 19:05 su madre y su hermana mayor entraron a paso lento y dificultoso. Su hermana había sentido la cintura muy dolorida esa tarde y ambas habían ido hasta el hospital a pedir algún remedio. El médico les había repetido que era un reumatismo proveniente de los cinco años trabajando como lavandera, con los brazos sumergidos en el agua fría, que podía volver a trabajar pero no como lavandera, y que se mojara lo menos posible. A las 20:05 ya estaba caliente el puchero del mediodía y camieron todos juntos. Pancho no habló casi y a las 20:30 salió caminando despacio rumbo al centro del pueblo. En el bar de la fonda estarían sus compañeros de la construcción. Pensó en la inconveniencia de que funcionarios de la policía lo vieran en la fonda. Pensó en la conveniencia de que lo vieran paseando con Juan Carlos, empleado de la Intendencia. De la quinta del pollero italiano salía una muchacha cargando dos pollos pelados. Era Rabadilla. Caminó más rápido y la alcanzó disimuladamente. Caminaban casi a la par. Pancho dijo respetuosamente buenas noches. Rabadilla contestó lo mismo. Pancho le preguntó cuánto cobraba los pollos el italiano. Rabadilla contestó en voz baja y agregó que debía caminar más rápido pues la esperaba su patrona. Pancho le pidió si le permitía acompañarla hasta la esquina del Colegio de Hermanas. Rabadilla dijo entrecortada que sí y después que no. Pancho la acompañó y se enteró de que el domingo a la tarde Rabadilla iría a las romerías al aire libre que se realizarían en el Prado Gallego, celebrando el cierre de la temporada. Cumpliendo la orden de su amigo, Pancho le aconsejó cambiar de patrones, ir a casa de Sáenz. Raba contestó que no estaría bien abandonar a su patrona. En la esquina del Colegio de Hermanas, Pancho pensó en la posibilidad de caminar los tres kilómetros de yuyos hasta el bar-almacén La Criolla. Quería ver a sus amigas de allá, cerrar los ojos y pensar en otra. Pero era mucha la distancia para ir solo, con Juan Carlos sí se hubiese animado. No era el dinero lo que le faltaba, como había mentido a su amigo. Recogió del suelo una rama podada de eucaliptus, era flexible, tomándola por los dos extremos Pancho la arqueó levemente, la fibra cedía, Pancho aumentó la presión, la fibra cedía pero empezaba a crujir. La rama no era áspera como los ladrillos, era

suave; además no era pesada como la reja del sub-
comisario, era liviana; la rama había perdido la cor-
teza marrón y su lisa superficie lucía verde clara, Pancho aumentó la presión de sus brazos, la fibra crujía,
Pancho aflojó levemente el arco y después volvió a pre-
sionar con decisión, la fibra crujió una vez más y se
partió. A las 21:47 Pancho volvió a su casa. En la
habitación de su madre todos agrupados escuchaban
por radio a un cantor de tangos. Pancho tenía sueño
y no se unió a la familia. Se acostó, pensó en que su
hermana difícimente conseguiría empleo como sirvienta si no podía poner las manos en el agua para lavar
ropa o platos y en la capital de la provincia seis meses
sin sueldo serían largos. Miró el catre de su hermano,
sin colchón. Pensó que su cama en cambio tenía elástico a resorte y colchón de estopa; le había costado
más de un mes de sueldo, por capricho no había querido comprar una cama de segunda mano. Se arre-
pintió de haber gastado tanto, pero su hermano dormía en un catre y él no. Pocos minutos después se
quedó dormido.

El ya mencionado jueves 23 de abril de 1937 Antonia Josefa Ramírez, también llamada por algunos Rabadilla, y por otros Raba, se despertó con el piar de
los pájaros anidados en el algarrobo del patio. Lo primero que vio fue el cúmulo de objetos arrumbados
en su cuarto: botellas de lavandina, damajuanas de
vino, latas de aceite, una barrica de vino oporto, ristras
de ajo colgando de la pared, bolsas de papas, de cebo-
llas, latas de kerosene y panes de jabón. Su dormitorio

también servía de despensa. En vez de cuarto de baño contaba con una antigua letrina de campo y con la pileta del lavadero, al fondo del patio. A las 6:35 allí se lavó la cara, el cuello y las axilas. Después se aplicó el líquido antisudoral rojizo que le había comprado la patrona. Antes de ponerse el delantal gris de manga larga aleteó como un pájaro para que se le secaran debajo de los brazos las gotas rojas: la patrona le había dicho que de lo contrario se le quemaría la ropa. Encendió la cocina a leña y tomó una taza de café con leche con pan y manteca. Lavó camisetas, calzoncillos y camisas del patrón hasta las 7:45. Despertó a la patrona y preparó el desayuno para el matrimonio Aschero e hijos. Puso la mesa en el comedor diario anexado a la cocina. Preparó tostadas. Lavó los platos del desayuno. Barrió y sacudió el polvo del consultorio, de la sala de espera, del dormitorio de los niños, del dormitorio grande, de la sala de estar, del comedor y finalmente barrió la vereda. Fue interrumpida dos veces por la patrona: debió ir a la carnicería a retirar el pedido hecho por teléfono y al almacén a buscar queso de rallar. Uno de los niños derramó un vaso de leche en la sala de recibo y la patrona sugirió aprovechar la oportunidad para baldear el piso de mosaicos y darle una rápida mano de cera. A las 11:30 la patrona le interrumpió nuevamente pidiéndole que tendiera la mesa para el almuerzo mientras se bañaba. A las 12:00 se sentaron a la mesa la patrona y sus dos hijos, un varón y una niña. A las 12:30 salieron los tres rumbo a la escuela donde la patrona ejercía como maestra y los niños cursaban grados. Mientras tanto Raba limpió el baño, equipado con todas las comodidades mo-

dernas. A las 13:10 el patrón llegó del hospital y Raba
le servió la comida preparada por la patrona. El patrón
le miró las piernas y como de costumbre Raba evitó
acercársele. A las 13:45 Raba se sentó a la mesa y comió las abundantes sobras del almuerzo. A las 15:06
terminó de lavar los platos y limpiar la cocina. Las
tareas a réalizar cuando el patrón estaba en casa eran
las más pesadas, porque no podía acompañarse cantan-
do, mientras que a la mañana entonaba diversas me-
lodías, en general tangos, milongas y tangos-canción
escuchadas en las películas de su actriz-cantante favorita. Se refrescó con agua de la pileta del fondo y se
acostó a descansar. Pensó en los consejos de la patrona.
Según ésta las sirvientas no debían dejarse acompañar
por la calle ni bailar más de una pieza en las romerías
populares con muchachos de otra clase social. Debían
descartar ante todo a los estudiantes, a los empleados
de banco, a los viajantes, a los propietarios de comercio
y a los empleados de tienda. Se sabía que la costumbre
de ellos era noviar con chicas de familia, —«hacién-
dose los santitos, Raba»— para después en la oscuridad
tratar de seducir a las sirvientas, las más vulnerables
a causa de su ignorancia. La señora Aschero olvidó
incluir en la lista a los hombres casados. Le recomendaba en cambio a cualquier muchacho bueno trabajador, palabras con las que designaba a los obreros de
toda índole. Raba pensó en la película argentina que
había visto el viernes anterior, con su actriz-cantante
favorita, la historia de una sirvienta de ·pensión que
se enamora de un pensionista estudiante de abogacía.
¿Cómo había logrado que él se enamorase de ella?,
la muchacha había sufrido mucho para conseguirlo

85

y Raba se dio cuenta de algo muy importante: la muchacha nunca se había propuesto enamorarlo, él había empezado a quererla porque la veía buena y sacrificada, al extremo de pasar por madre del bebé de otra chica soltera, hija de la dueña de la pensión. Más tarde el estudiante se recibía de abogado y la defendía ante la justicia, pues la muchacha quería quedarse con el bebé ajeno, ya encariñada como madre, pero al final todo se arreglaba. Raba decidió que si alguien de otra clase social, superior, un día le proponía matrimonio ella no iba a ser tonta y rechazarlo, pero tampoco sería ella quien lo provocase. Además había muchos muchachos buenos y trabajadores que le gustaban: Minguito el repartidor de pan, Aurelio el paisano, Pancho el albañil, Chiche el diariero. Pero al día siguiente tal vez no podría ir a la acostumbrada función de cine en Viernes Populares, porque los patrones tenían invitados a cenar. Raba sin saber por qué tomó una alpargata del suelo y la arrojó con fuerza contra una estantería. Una botella de lavandina cayó y se rompió. Raba recogió los pedazos, secó el piso y volvió a la cama. A las 16:00 se levantó y puso la mesa para la merienda de la patrona y los niños. Llamó a la señora de edad que ayudaba como enfermera al patrón y le ofreció la taza de té habitual. A las 17:28 terminó de lavar los platos de la merienda y cruzó a la tienda Al Barato Argentino para retirar los repasadores encargados por la patrona. Nené le preguntó cómo la trataba la enfermera nueva, habían cambiado ya tres desde su partida. Raba pensó en su viejo banco de escuela, se sentaba en la cuarta fila con la actual sirvienta del Intendente Municipal, en la segunda fila Nené con Kela Rodríguez, en la primera fila Mabel Sáenz y Celina Etchepare. Mabel y Kela ya se estaban por casar. ¿El hermano de Celina se casaría con Nené a pesar del enredo con Aschero? Antes Nené le daba los vestidos viejos. ¿Cuántas personas en Vallejos sabían lo ocurrido? Raba pensó en pedirle a Nené alguna otra prenda vieja. Nené le había dado tantas cosas usadas bonitas ¿y como pago acaso ella se había portado bien? Pero Celina le había prometido recomendarla a la madre de Mabel para que la tomara como mucama, ya tenían cocinera y trabajaría menos, y no estaría el doctor Aschero mirándole las piernas. Sonaba la campana del recreo y corrían Mabel, Celina y Nené a saltar con la cuerda, una, dos, tres, cuatro, cien saltos hasta el otro toque de la campana: Nené le hizo el paquete de repasadores y la miró pero no hablaron como antes. Sí, Nené la había recomendado en casa de Aschero, la habían tomado como sirvienta gracias a la enfermera, gracias a Nené, gracias a su compañera de escuela ¿también varias prendas usadas de regalo? un pulóver, un vestido, un tapado, zapatos, cuando Nené trabajaba con el doctor Aschero. Raba salió de la tienda sin pedirle ropa vieja a la empaquetadora. A las 17:50 empezó a planchar las camisas lavadas esa mañana. A las 19:53 puso la mesa para la cena preparada por la patrona. A las 20:21 fue a la quinta del pollero a retirar los pollos que le mandaban de regalo al patrón. A las 20:40 Pancho el albañil se le acercó y le habló. Raba trató de ocultar su entusiasmo. Pancho tenía una camisa de mangas cortas de donde salían dos brazos musculosos cubiertos de espeso vello, el cuello de la camisa estaba abierto y se entreveía el pecho cubierto del mismo vello. Raba sin saber por qué pensó en un gorila temible, con las cejas tupidas pero bien delineadas, las pestañas arqueadas y el bigote cubriendo en parte la boca grande. La patrona no se enojaría al verla bailar con él en las romerías, Raba caminaba al lado del albañil, se retocaba el peinado de tanto en tanto, el pelo le nacía a Raba de la media frente, lacio, tupido y color tierra. A las 20:52 pasó sola por el Cine Teatro Andāluz, se anunciaba para el día siguiente en Viernes Populares una película argentina cómica. A pesar de que no dieran una película con su actriz-cantante favorita, lo mismo asistiría a la función con la sirvienta del Intendente Municipal, como todos los viernes, cinco centavos las damas y diez los caballeros, ¿pero y si los invitados a cenar se retrasaban y ella no podía ir al cine? ya no le importaba casi ¿y la salida del domingo? en las romerías estaría Pancho quien ya le había manifestado su deseo de bailar alguna pieza con ella. Raba pensó sin saber por qué en los pájaros del algorrobo del patio, ya estarían acurrucados en sus nidos, bien abrigados uno contra otro. Sintió deseos de estar ya en su cama bien abrigada: una noche de frío había entrado la patrona a su cuarto, a buscar vino oporto de la barrica para convidar a amigos del marido, y al ver a Raba acostada la patrona le había preguntado si necesitaba otra frazada. Raba sintió deseos de estar en su cama bien abrigada, si entraba la patrona a su cuarto le contaría el encuentro con Pancho. A las 21:20 se sentó a comer las sobras de la cena. A las 22:15 terminó de lavar los platos y la cocina. Raba pensó en que el día había sido liviano, sin cortinados que lavar o pisos de madera que rasquetear. A las 22:25 su patrón le pidió que le fuera a comprar un atado de cigarrillos al bar. A las 23:02 se acostó y pensó que si se casaba con Pancho se conformaría con vivir en una casa de una pieza con techo de chapas, pero se opondría a que en el dormitorio guardaran objetos indebidos: le exigiría a Pancho que construyera por lo menos un alero para guardar botellas de lavandina, damajuanas, barricas, bolsas de papas, ristras de ajo y latas de kerosene. De repente recordó que Pancho era amigo del hermano de Celina, y el hermano de Celina noviaba con Nené. Pensó que se había portado mal con Nené, no había cumplido su promesa. Raba juntó las manos y pidió perdón a Dios. Recordó las palabras de Nené: «Si me hacés una mala pasada Dios te va a castigar».

SEXTA ENTREGA

*...una lágrima asomada
yo no pude contener.*

ALFREDO LE PERA

CAMPAMENTO PROVISIONAL DEL CIRCO GITANO, CORONEL
VALLEJOS, SÁBADO 25 DE ABRIL DE 1937

Yo no te conozco, vos venís acá y esta pobre gitana
te dice todo, por un peso. Pero vos me mandás todos
los amigos, porque te voy a acertar todo. Yo te digo el
pasado, el presente y el futuro   ¿Nada
más que el futuro? te digo entonces nada más que el
futuro: del presente me preguntan por lo menos eso,
cuando caen los pichones a la carpa: si la pichona los
quiere. ¿O es que sos tan lindo que no te importa?
porque la tenés segura   Al mismo precio, pero no te lo puedo decir yo, sos lindo pero atro-
pellado, las barajas lo van a decir. Pero a vos no te
importa tanto que ella te quiera o no, porque sabés
que otro como vos difícil que encuentre, vos sos como
todos los que nacen lindos, y de la muerte tampoco
te interesa porque no sos viejo y se ve que estás sano,
seguro que lo que querés saber es si vas a tener plata,
toda la plata que querés. ¿Verdad que ya te lo adiviné
sin empezar a tirarte las barajas? Pero para leerte el
futuro primero decime si querés que te cuente todo
o nada más que lo bueno   Vos que sos

tan lindo y con esa campera de cuero tan cara ¿le vas a dar a esta pobre gitana cincuenta centavos más? así te digo lo bueno y lo malo   Cortá el mazo en dos, con la mano izquierda

Ahora cortá, otra vez con la mano izquierda, en tres, que son el pasado, el presente y el futuro, y ahora damos vuelta las barajas y nos quedó... El Rey de Copas, patas para arriba, mirá cómo tiene la corona metida hasta los ojos para que no se le caiga, y la capa de terciopelo le pesa pero lo abriga —un hombre morocho ya medio viejo, que no te quiere, te está haciendo mal, lo que vos más querés en la vida, que si no me equívoco es... los billetes, eso es lo que él no te va a dar—, y al lado nos quedó también patas arriba la Sota de Espadas, mirala cómo tiene la mano suelta, te va a dar algo, pero cuidado porque está patas arriba, envuelta con ese trapo bordado de oro, es un trapo colorado, pero fijate: a las mangas se les ve el forro violeta para un velorio ¿y el pelo? —ni rubia ni morocha ni pelirroja ¿vos conocés alguna pelada? no le veo el pelo— y al lado está por suerte al derecho el Dos de Espadas, mirá qué lindas filosas están las espaditas azules, y el mango de plata está de tu lado —que te anuncia un viaje por tierra— ¿vos conocés alguna mujer teñida o con una peluca que hizo un viaje hace poco? ayudame que no entiendo por qué tiene la cabeza pelada...   Sí, ya sé que la baraja tiene el pelo negro pero yo la vi pelada cuando recién cortaste el mazo   Si no conocés a ninguna pelada el que viajás sos vos, vas a hacer un viaje, para salvarte de lo que te están preparando el viejo y la pelada. Si la viera sin ojos te iba a decir que es la Desgracia, que te corre detrás y te alcanza, a ella no le importa que sean viejos, o jóvenes, o criaturitas, lindos o feos, la Desgracia es ciega, pero pelada es raro que salga la Sota de Copas. Dejame barajar y no vayas a mirar los naipes mientras los mezclo que hacés llorar a los muertos. ¿Vos sabés quién es el viejo morocho?   Entonces el padre de la chica con que andás no te quiere en la casa, y la Pelada lo ayuda ¿la chica es rubia o morocha?

¿Estás seguro que no se tiñe de morocha o se pone una peluca negra?   Ahora cortá de nuevo en tres, con la mano izquierda   Dos de Bastos, los dos palotes, fijate qué espinas negras, es baraja fea —alguien te va a traicionar, que no es ni el viejo ni la Pelada— pero está al lado del As de Espadas, que salió al derecho, tenés suerte, el mango de plata todito de tu lado, y las correas miralas, cómo le gustarían al rey gitano, vos sabés pichón que el rey no tiene más que estas carpas sucias, si pudiera le regalaba una espada como esta —sí, quien vos menos te esperás te la va a jugar sucia, pero cuando estés tirado en la zanja te vas a dar cuenta que no hay mal que por bien no venga— y te salió una rubia que te quiere: la Sota de Oro muestra las piernas, te hace señas con la mano derecha —che, te trae suerte, pero vos cuidate, que no me gustan las rubias, este consejo va aparte, no tiene que ver con los naipes, pero las rubias tienen la carne blanca para que te creás que tienen el corazón blanco, te pone el corazón de ella en la mano, vos lo vas a mirar, esperá, lo que veo es que ella se lo arranca y te lo da, ¡no soltés nunca el corazón podrido de la rubia, tenelo agarrado bien fuerte! un espíritu me contó que a una rubia se le rompió el corazón como un huevo y de adentro salió un pajarraco— pero la Sotita aunque sea rubia te va a ayudar, las barajas lo dicen, pero yo no la quiero

No, la línea de la vida es después, tenés que esperar el último corte, de trece naipes, ahora volvé a cortar en tres, como antes

El Siete de Copas ¡casamiento! mandame confites, pichón, pero no sé si vos sos el enlazado, mejor que no seas porque las copas están dadas vueltas, el vino se cae al piso, qué lástima porque me gusta el vino, pichón, que hace bien a la salud, pero cuando se vuelca al suelo echa un olor asqueroso ¿sos vos que te casás? no, porque al lado me sale una mujer vieja, la Sota de Bastos, tiene un garrote en la mano derecha pero es para defenderte, y el Seis de Oro

No, pichón, el Seis de Oro es billetes cuando sale solo pero al lado de esta Sota a los billetes se los llevan los muertos, queda nada más que la Sinceridad

Como te gustan los seis redondeles amarillos, te creés que son monedas de oro, pero cuando están al lado de una sota o un caballo quiere decir que la sota o el caballo te hacen un bien, no te dan plata porque mucha no tienen, lo que te pueden dar es la sinceridad, que es el oro de los espíritus

No, no es tu mamá, esta es vieja pero no te quiere como hijo, pero es buena, y a vos pichón te salen mujeres por todas partes, será por la campera ¿o será la percha, pichón? mirá que estás churrasco, a vos no te gustaría venir con el circo, yo sé que no te gustaría, que si no acá el rey nos casa en seguida, y te digo de gusto no más, ahora cortá otra vez

Ahora sí que te va a salir la línea de la vida, me tenés que elegir trece de estas barajas desparramadas, pero no las des vuelta que los muertos no te van a querer, había una gitana que daba vuelta las cartas y los muertos le pusieron veneno en la comida, porque cuando un vivo da vuelta antes de tiempo una baraja... se puede caer un muerto del cielo

Sí, se cae al infierno, porque si das vuelta la baraja antes de tiempo un muerto se tienta y mira desde el cielo y ve en la tierra el cuerpo desnudo de alguien que se está bañando y le vuelven malos pensamientos de pecado y los santos lo mandan al infierno, y se quema ahí por culpa tuya

Ahora sí empezá a darlas vuelta, y formá una fila, el Cinco de Espadas es Habladurías, las malas lenguas cortan como el filo del fierro, cortan y machucan —pero eso qué te importa, es a las mujeres a las que las mata el Cinco de Espadas, a vos que más hablen más te conviene ¿no tengo razón?— y el Dos de Oro es noviazgo —por primera vez veo que te vas a enamorar, porque baraja de amor no te salió ninguna, puerco asqueroso, tanta mujer y no querés a ninguna— pero no veo la que vas a querer, me parece que no es ninguna de las que ya salieron, y si es una de esas atorrantas, pichón, está muy cambiada por la vida, no la reconozco   No, el Dos de Oro tampoco es dinero, es noviazgo, los dos oros grandes son los corazones, los dos iguales, en vez de las dos monedas grandes que te gustarían a vos— ¡no! pichoncito, por qué me elegiste esa baraja tan fea, el Cuatro de Bastos es enfermedad grave, pero si al lado te sale una Sota o un Caballo o un Rey te salvás, esperá que toco un poco de polvo gitano, tocá este polvo de la bolsita, y ahora da vuelta la otra carta... pichón, el Cuatro de Oro es lágrimas, pueda ser que te salvés todavía, puede ser para otro, apurate, decidite y da vuelta la otra...   Te digo que no, las únicas barajas de oro que anuncian dinero son el As y el Seis, y a vos no te salen, si alguna gitana te dijo otra cosa te macaneó para que te fueras contento, pero vos me pediste que te dijera lo bueno y lo malo. Ahora callate y da vuelta la baraja que sigue

¡El Caballo de Bastos! te salvaste, sacame el puñal del corazón, pichoncito, que por salvarte a vos me la puedo agarrar yo a la Desgracia y las Lágrimas, tirame un poco de ese polvo en el cuello y los hombros, esperá que me abro la ropa, rápido... ¿por qué te da asco?... no vayás a ser vos el demonio que me anunció la muerta Caracola, pasame rápido esa ceniza   Qué te importa que sea ceniza, qué te importa que sea ceniza de humano, es ceniza de perra... gracias... gracias pichón, porque la muerta Caracola me dijo que anduviera cuidándome de los demonios, y sin que te des cuenta uno se te puede meter dentro a vos para entrar en mi carpa, puede pasarle a cualquiera   ¿La enfermedad? ¿cuál? sí, dejame que mire, el Cuatro de Bastos, pero no sé si se la agarra un morocho, el Caballo de Bastos —un hombre muy fuerte, y no es malo— da vuelta la otra baraja que sigue... el Seis de Bastos, mirá esos garrotes llenos de gajos nuevos tiernitos y esas espinas ¡y está patas para arriba! es la carta de los besos, las caricias, el amor medio loco, y está patas para arriba, debe ser aquella que te traiciona,

pero no entiendo nada, da vuelta la otra baraja...
¡¡la Urraca, no me mostrés a la Urraca!! ay la muerte tuya no me la mostrés, que no sos vos... tené cuidado porque alguien se muere de muerte violenta, el
Seis de Espadas después de los palos de Bastos es
muerte a gritos ¿hay alguien que te quiere matar?
da vuelta la otra carta... ¡de nuevo la Sota de Copas!
pero ahora sale al derecho   ¿Cómo que
no salió ¡sí que salió! la Pelada, yo te lo dije que te
persigue   Tenés razón, era la Sota de
Espadas, me estoy poniendo vieja, viste pichón, por
eso es que no me querés... ¿entonces qué es esa Sota
de Copas? yo la veo morocha, y no es mala, pero si
tenés suetre es ella la que va a reventar, ¡pronto la
otra carta! el As de Espadas patas arriba... mirame
mi amor, mirame, que quiero verte en el fondo de los
ojos a ver si entiendo algo, a veces necesito mirar en
un jarro de agua, o de vino, o en un vidrio, en cualquier cosa que me sirva de espejo, no sé... pero son
muchas cartas feas juntas, si el As de Espadas hubiese
salido al derecho ya estabas salvado del todo, pero
todavía no se termina la racha mala, dejame que te
mire los ojos, me gustan los ojos castaño claro, pero
no veo nada, me veo yo sola, pichón, si supieras qué
linda era antes, en la carpa cuando entraba un pichón
como vos yo hacía siempre que estuviera afuera otra
gitana de guardia por si yo empezaba a gritar ¡todos
se tentaban conmigo!... tirá otra carta, y no te olvidés que alguien cae de muerte violenta, tené cuidado,
no te metás en peligro, yo veo sangre y oigo un grito
de alguien herido de muerte, tirá otra baraja... por
fin algo bueno, el Tres de Copas es alegría, vas a re-

cibir una gran alegría después de tantas penas, ¡da vuelta otra más!... el Dos de Espadas, otra vez el viaje   No, sonso, no es el viaje al otro mundo, es un viaje por tierra y no muy largo, y te va a ir bien, ¡otra baraja más, que ya no faltan más que dos!... el Cinco de Copas y al derecho, es buena baraja, quiere decir que vas a conversar mucho con alguien, y se van a poner de acuerdo, ya es la penúltima carta, rubio lindo, quiere decir que de viejo vas a ser feliz, vas a estar bien acompañado, y ahora rubio tocá las cenizas, meté las puntas de los cinco dedos de la mano derecha en la bolsita... porque la última carta es brava... elegí... dala vuelta...

...La Sota de Bastos ¡la vieja!... y de nuevo salió al derecho, está lindo mi pichón, quiere decir que te vas a morir de viejo al lado de tu mujer que ya va a estar vieja como vos, porque la Sota de Bastos es una vieja, como yo...   ¿Quedaste contento? ¿te parece mucho un peso cincuenta por barajarte toda tu vida enterita?   No, soy yo que te digo gracias a vos, y mandame tus amigos, que sean todos como vos, alma que te me vas del cuerpo ....
....

La Sota de Espadas pelada, ¿alguna perra se me murió pelada? la perra quemada tenía pelo, la carboncito, la cenicita, la Pelada o es una Mentira de pichona preñada que no está preñada, o es una Venganza, de alguna pichona mala, ...no, la bocha pelada está fría, el pelo no la tiene calentita a la bocha que está pelada, y la bocha fría no quiere a nadie, como el pichón, no se quiso quedar conmigo porque ese no quiere a nadie, ni a mí ni a las otras, parece sana la bocha pero está echada a perder, está toda podrida por dentro... es eso, la bocha estaba sana pero el diablo le hizo abrir la boca y le escupió dentro, la Sota estúpida no sabe que la escupida del diablo es pus... y se le cayó todo el pelo.

ROMERÍAS POPULARES EFECTUADAS EL DOMINGO 26 DE ABRIL DE 1937 EN EL PRADO GALLEGO, SU DESARROLLO Y DERIVACIONES

Hora de apertura: 18 : 30 horas.

Precio de las entradas: caballeros un peso, damas veinte centavos.

Primera pieza bailable ejecutada por el conjunto Los Armónicos: tango "Don Juan".

Dama más admirada en el curso de la velada: Raquel Rodríguez.

Perfume predominante: el desprendido de las hojas de los eucaliptus que rodean al Prado Gallego.

Adorno lucido por mayor número de damas: cinta de seda colocada a modo de vincha realzando el enrulado permanente de la cabellera.

Flor elegida con mayor frecuencia por los caballeros para colocar en el ojal de su saco: el clavel.

Pieza bailable más aplaudida: vals "Desde el alma".

Pieza bailable de ritmo más rápido: pasodoble "El relicario".

Pieza bailable de ritmo más lento: habanera "Tú".

Momento culminante de la velada: durante la ejecución del vals "Desde el alma" la presencia de ochenta y dos parejas en la pista descubierta.

Alarma mayor sufrida por la concurrencia: golpe de viento a las 21 : 04 anunciando falsamente un posible chaparrón.

Señal para indicar la terminación de la velada: dos breves apagones de luces, a las 23 : 30.

Hora de cierre de las puertas: 23 : 45.

Dama más ilusionada de toda la concurrencia: Antonia Josefa Ramírez, también conocida como Rabadilla o Raba.

Acompañante de Raba: su mejor amiga, la mucama del Intendente Municipal.

Primera pieza bailada por Raba: ranchera "Mi rancherita", en pareja con el caballero Domingo Gilano, también conocido como Minguito.

Caballero que concurrió a las romerías con el propósito de irrumpir en la existencia de Raba: Francisco Catalino Páez, conocido también como Pancho.

Primera pieza bailada por Raba y Pancho: tango "El entrerriano".

Primera pieza bailada por Raba y Pancho con las mejillas juntas: habanera "Tú".

Bebidas consumidas por Raba y pagadas por Pancho: dos refrescos de naranja.

Condición impuesta por Pancho para hablarle de un asunto muy importante para ambos: acompañarla hasta la casa sin la presencia de su amiga.

Condición impuesta por Raba: acompañar primero a su amiga hasta la casa del Intendente, de donde procederían a casa del doctor Aschero ella y Pancho, solos

Lugar designado por Raba para la conversación: la puerta de calle del domicilio del doctor Aschero.

Circunstancia que desagradó a Pancho: el hecho de que la casa del Intendente se hallase en la sección asfaltada y bien iluminada del pueblo, a sólo dos cuadras del domicilio del doctor Aschero, lejos ya de la zona de calles de tierra, arbolada y oscura en que se yergue el Prado Gallego.

Dama que quedó preocupada al ver alejarse a Raba en compañía de Pancho rumbo al domicilio del doctor Aschero: la mucama del Intendente Municipal.

Circunstancias atmosféricas que facilitaron el cumplimiento de los propósitos de Pancho: la temperatura agradable, apenas fresca, de 18 grados centígrados, y la falta de luna.

Circunstancia casual que facilitó dichos propósitos: el acercamiento de un perro vagabundo de aspecto temible que asustó a Raba y dio lugar a una muestra inequívoca de coraje por parte de Pancho, lo cual despertó en Raba una cálida sensación de amparo.

Otra circunstancia casual: la existencia de una obra en construcción en la vecindad, para llegar a la cual sólo hacía falta desviarse una cuadra de la ruta directa.

Asunto importante de que habló Pancho a Raba, como prometido: el deseo de estar en compañía de ella, deseo que según él lo obsesionaba noche y día.

Razón de que se valió Pancho para hacerla pasar a Raba por la construcción de la Comisaría nueva: la necesidad de hablar un rato más, y no en la puerta de calle del domicilio del doctor Aschero, para evitar posibles maledicencias.

*ensamientos predominantes de Pancho frente a Raba
en la oscuridad:* pastizal, los yuyos que hay que cortar, va a venir el capataz, agarrá la pala Pancho, cortá el pasto con la azada, está oscuro y ni los gatos pueden vernos, Juan Carlos salta por el tapial que está al fondo, no se mete entre los yuyos, "cuando estés con una piba en donde nadie te ve, no te gastes en hablar, ¿eso para qué sirve? para que metas la pata", las raíces de los yuyos en la tierra rajada de la sequía, la tierra está polvorienta, de la mitad de la frente te sale este pelo duro, color tierra, a las raíces de los yuyos yo les pego un tirón y las arranco de raíz, una raíz peluda con terrones, no crece yuyo en la tosca, más lindo el pelo de la Raba que la raíz de los yuyos, se los puede acariciar, sin ningún terrón de tierra, qué limpita es la Raba, tiene los brazos marrones, las piernas más marrones todavía ¿tiene las piernas peludas? no, un poquito de pelusa, va a la tienda sin medias y si la tocan debe ser suavecita la carne de la Nené, ¿vos no te dejás besar? no sabe ni dar un beso, tiene un poco de bigote, patas negras cara negra, ¿le hago una caricita? suavecita pobre negra, los ladrillos se los paso al otro peón, los bajamos del camión de a dos ladrillos tres ladrillos se los paso y me raspan, son secos como la tosca, "hay que tomarle su impresión digital" y el dedo embadurnado en la libreta de enrolarse no marcaba, "Usted no tiene ya impresiones digitales, se las comió el ladrillo", nada más que en el meñique, el dedo más haragán, te acaricio y sos lisita, "si vos no la atropellás, se va a creer que sos tonto", le voy a decir que la quiero bien de veras, a lo mejor

se lo cree, que es linda, que me han dicho que es
muy trabajadora, que le tiene la casa limpia a la
patrona ¿qué más le puedo decir a una negra como
esta? qué mansita que es la negra, esta no sabe
nada, me da pena aprovecharme, "si no le das el
zarpazo...", se cree que yo la quiero, se cree que
mañana ya me caso, el bigotito de la negra, una pelusa suave, yo me cargué más de los cuadras la reja,
yo si quiero te aprieto y te quiebro, mirá la fuerza
que tengo, pero no es para pegarte, es para defenderte de los perros, qué mansita es mi negra, pero
si te retobás estás perdida lo mismo, mirá la fuerza
que tengo...

*Pensamientos predominantes de Raba frente a Pancho
en la oscuridad:* la patrona no me ve, no se lo
cuento a mi amiga, no bailé con los del Banco, no
bailé con estudiantes, no bailé con los que Usted me
dice que nunca baile, Pancho no es de esos que después de noviar con las otras se aprovechan de sirvientas, bueno y trabajador, si la patrona me manda yo no me hago rogar, a la escoba la agarro con las
dos manos y ya empiezo a barrer, con el plumero
saco tierra de los muebles, con el trapo mojado y
jabón voy repasando los pisos, el jabón y la batea
en la pileta de lavar, él compró una entrada de un
peso caballeros, qué fresca la naranjina, y yo entré
como dama, y pagué veinte centavos, las chicas que
van al baile aunque no sean más que sirvientas sacan
entradas de dama, lo mismo que una empleada de
tienda, o las chicas ayudantes de modista, o las señoritas que trabajan de maestra, él tiene callos en
las manos, me hace cosquilla con esos callos tan du-

ros ¡cómo le chumbó fuerte al perro! si un día el patrón se me quiere aprovechar yo corro y lo llamo a Pancho, se olvidó de ponerse ballenitas en el cuello, se le levantan las puntas, cuando lo vea otra vez le voy a dar ballenitas del patrón, ay qué linda cosquillita, qué besos fuertes que da, ¿será cierto que me quiere? me da carne de gallina después que me besa fuerte y me acaricia despacito...

Nuevos sentimientos experimentados por Raba la noche del 26 de abril de 1937 al despedirse de Pancho en la puerta de calle del domicilio del doctor Aschero: el deseo de ver aparecer a Pancho en alguna vereda oscura la noche siguiente, sin ballenitas en el cuello de la camisa para así poder colocarle ella las sustraídas al doctor Aschero.

Recorrido de las lágrimas de Raba: sus mejillas, su cuello, las mejillas de Pancho, el pañuelo de Pancho, el cuello de la camisa de Pancho, los yuyos, la tierra seca del pastizal, las mangas del vestido de Raba, la almohada de Raba.

Flores prematuramente marchitadas la noche del domingo 26 de abril de 1937, debido al brusco descenso de temperatura: los lirios blancos y las rosas mosqueta del jardín del doctor Aschero, y algunas flores silvestres crecidas en las cunetas de las afueras de Coronel Vallejos.

Insectos nocturnos no afectados: las cucarachas de la obra en construcción, las arañas de las telas tejidas entre ladrillos sin revoque y los cascarudos volando en torno a la lamparita colocada en el medio de la calle y perteneciente al alumbrado municipal.

Dr. Juan José Malbrán
Coronel Vallejos, Pcia. de Bs. As.
23 de agosto de 1937

Dr. Mario Eugenio Bonifaci
Hostal Médico "San Roque"
Cosquín, Pcia. de Córdoba

Respetado colega:

Ante todo le pido disculpas por mi demora en con-
testarle, debida créame al deseo de informarme mejor
sobre el caso de Etchepare. Debo confesarle que no
comprendo la reacción del muchacho, yo lo conozco
desde que nació y lo consideraba de carácter fuerte,
empecinado sí, pero siempre en su provecho. No sé
por qué no obedece al tratamiento. El apuro en volver
no sé tampoco a qué atribuirlo. Algún enredo de polleras puede ser la causa, no lo excluyo. Sólo recuerdo
un detalle curioso al respecto: la gravedad del estado
de Etchepare la conocí gracias a un anónimo man-
dado evidentemente por una mujer, la cual en letras
de imprenta que traicionaban el pulso femenino me
decía que Juan Carlos no quería venir a mi consultorio para que no se supiera que estaba mal, que en su
presencia había escupido sangre y que yo debía alejar
a Juan Carlos del contacto con los seres queridos, cosa
que ellos no se animaban a expresar. Lo notable del
anónimo es que proporcionaba un dato curioso, decía
que Etchepare se sentía realmente mal entre una y
tres de la mañana.

De todos modos creo que ya Ustedes tendrán poco
que hacer porque según la conversación que sostuve

con la madre en el día de ayer, no podrán solventar los gastos de su sanatorio más allá de mediados de setiembre. Dejo libre a su criterio comunicarle la noticia a Etchepare ya o más adelante. Para su información la madre es viuda y no tiene casi dinero, sólo un pasar discreto. Él por su parte no tiene ahorros y la licencia del empleo es sin goce de sueldo. La madre me dijo además que el muchacho nunca le dio un centavo de su sueldo para la casa, así que no creo que él quiera dejar Cosquín tan pronto para ahorrarle dinero a su madre. Ese punto parece dejarlo indiferente. Realmente no comprendo por qué no aprovecha el tratamiento.

Quedo siempre a su disposición, cordialmente

Juan José Malbrán
Médico Clínico

SÉPTIMA ENTREGA

...todo, todo se ilumina

ALFREDO LE PERA

Cosquín, sábado 3 de julio de 1937

Querida mía:

Como ves cumplo con mi promesa, claro que un poco más y se me vence el plazo, ya mañana termina la semana. ¿Y vos cómo andás? seguro que ya ni te acordás del que suscribe, viste tanto que paresía que ibas a nesecitar una sábana para secarte las lágrimas y los moquitos de la despedida, y esta noche si me descuido ya te me vas a la milonga. Al final tanto no yoraste, apenas unas lagrimitas de cocodrilo, que a una mujer al fin y al cavo mucho no le cuesta.

Ricura ¿que estás haciendo a esta hora hoy sábado? me gustaría saber ¿estás durmiendo la siesta? ¿bien tapadita? quien fuera almoada para estar más cerca. Bolsa de agua caliente no me gustaría ser porque por ahi resultás pata sucia y sueno. Sí, mejor no andar buscando cosas raras, mejor ser almoada, y por ahí me consultás y quién sabe de que me entero, una jitana vieja me dijo que desconfiara de las rubias ¿que le vas a consultar a la almoada? Si le preguntás quien te quiere te va contestar que yo, cómo macanean las almoadas... Bueno, piba, te dejo un rato porque están sonando la campana para ir a tomar el te, me viene bien asi descanso un poco porque he estado escribiendo cartas desde que terminé de almorzar.

Bueno, aquí estoy de vuelta, tenés que ver que bien me tratan, tomé dos tazas de te con tres tortas diferentes, vos que sos golosa aca estarías en tu elemento. ¿Mañana domingo vas a ir al cine? ¿quien te va a comprar los chocolatines?

Rubia, ahora cumplo lo prometido de contarte como es el lugar. Mirá, te lo regalo si lo querés. Todo muy lindo pero me aburro como perro. El Hostal es todo blanco con techo de tejas coloradas, como casi todas las casas de Cosquín. El pueblo es chico, y a la noche si alguno de estos flacos tose se oye a dos kilómetros, del silencio que hay. También hay un rio, que viene de las aguadas de la sierra, tenés que ver el otro día cuando alquilé un sulky me fui hasta La Falda, y ahí el agua es fría, y está todo arbolado, pero cuando llega a Cosquín se calienta, porque acá es todo seco y no crece nada, ni llullos, ni plantas, que ataje el sol. Este parrafito lo he puesto igual en todas las cartas, porque si no se me va a acalambrar el cerebro de tanto pensar.

¿Y qué más? Dicen que la semana que viene el empesar las vacaciones de julio vienen muchos turistas, pero parece que acá en el pueblo no se queda a dormir ninguno, por miedo al contajio, y más podridos que ellos no hay nadie, perdonando la expresión. Mirá, esto se acaba pronto, porque es mucha plata que se gasta por precausión nada más, que tanta precausión, si todos se hicieran radiografías se vaciaba Vallejos de golpe, y me los tenía a todos acá. Bueno, todo sea por la vieja, que se le cure bien el nene. Y vos rubia mejor es que te cuides bien porque yo allá dejé mis bigías bien apostados, nada de malas pasadas porque me voy a henterar ¿vos te creés que no? Si la llegás a hacer un paquete con muchos firuletes a algún desgrasiado de allá lo voy a saber más pronto que ligero. No, de veras, yo no sé perdonar una jugada sucia, de eso no te olvides nunca.

Muñeca, se me termina el papel, no te cuento más de la vida acá porque ya te la podes imaginar: descansar y comer.

En cuanto a las enfermeras, son todas a prueba de bala, la más joven fue a la escuela con Sarmiento.

Te besa hasta que le digas basta,

Juan Carlos

Vale: contestá a vuelta de correo como prometido, me aburro mas de lo que creés. Por lo menos tres carillas como te mando yo.

Bajo el sol del balcón junta sus borradores, hace a un lado la manta, deja la reposera y pregunta a una joven enfermera cuál es el número de habitación del anciano frente a quien había tomado té en una de las mesas del comedor de invierno. La puerta de la habitación número catorce se abre y el anciano profesor de latín y griego invita a pasar a su visitante. Le muestra las fotografías de su esposa, hijos y nietos. A continuación hace referencia a sus ocho años de estadía en el Hostal, al carácter estacionario de su enfermedad y al hecho de no conocer a ninguno de sus tres nietos por diversos motivos, principalmente económicos.

Por último toma los borradores del visitante y como había prometido corrige la ortografía de las tres cartas: la primera —de siete carillas— dirigida a una señorita, la segunda —de tres carillas— dirigida a la familia, y la tercera —también de tres carillas— dirigida a otra señorita.

★

Cosquín, sábado 27 de julio de 1937

Querida mía:

Tengo frente a mí tu carta, cuanto la esperé, está fechada jueves 8, pero el cello del correo de Vallejos es del 10 ¿por qué tardaste tanto en echarla al busón? Como verás estoy con el fucil al hombro.

Llegó primero carta de mi hermana, tenés que ver que carta sarnosa, una carilla y media escrita en la clase mientras los alumnos hacían un dibujo ¿le habrán dibujado las patas cortas? estoy con bronca contra ella. La vieja me había dicho que me escribía sin falta pero ahora se echó atrás, porque tiene el pulso muy tembleque y le da vergüenza mandarme garabatos. Pero es letra de mi vieja, a mí que me importa que sean garabatos. Mi hermana la critica y la tiene acovardada.

La cuestión es que en casi veinte días que estoy acá no recibí más que esa carta y ahora la tuya. Y ahora dejame que baje el fucil y lo ponga sobre la mesa, porque quiero tener las manos libres, en este momento te estoy pasando la llema de los dedos por el cogotito, y si me dejás te desabrocho el botoncito de atrás de la blusa, y te bajo la mano por el lomo, y te rasco el cuerito de mimosa que tenés. Qué linda carta me mandaste... ¿es cierto todo lo que me decís?

Yo acá siempre en la misma, no te doy detalles de lo que hacemos todo el día porque no me gusta hablar de eso. Tenés que ver las cosas que se ven en este sanatorio, que lo de Hostal es puro grupo. Hay hasta gente que se está muriendo, yo no lo quería creer, pero el otro día una piba de diesiciete años que no aparecía más por el comedor, se murió en la piesa. Y acá me las tengo que aguantar yo, por ahí me voy a enfermar de veras, de mala sangre que me hago. Si dejo que me controlen en todo voy listo, porque no te dan soga para nada, porque entre tantos médicos se hacen un lio en el mate y no se acuerdan si sos enfermo grave o qué, y al final tratan a todos igual para no herrarla, te tratan como si mañana mismo fueras a estirar la pata. Por eso yo los estoy madrugando, y no digo todo lo que hago, que al final es bastante poco. Resulta que el agua del rio Cosquín es calentita, y a la siesta está mejor que nunca, pero el reglamento es que tenés que dormir la siesta o como gran farra tirarte en la repocera del balcón de invierno, con una frasada cordobesa pesada como tres de las nuestras, al sol. Bueno, este cuerpito se pianta y se baña en el rio. Me baño como Adán, porque no traje la maya, y como no puedo traerme una tohalla me tengo que secar al sol nomás. Si salgo con una toalla del Hostal en seguida el portero me calaría. Pero es macanudo el sol de las sierras, si no hay viento te alcansa para secarte sin tiritar, me sacudo el agua como los perros y chau. ¿Qué mal me puede hacer eso? Si duermo la siesta es peor, porque a la noche me empieso a rebolcar en la cama sin sueño, y me vienen a la cabeza cada pensamiento que mejor no hablar.

Estas son cosas que te digo a vos nomás, a la vieja no le digo nada, pero acá no aguanto más, porque acá no se cura nadie. Si vos hablás con alguno, ninguno te va a decir que se piensa volver a la casa, lo único que piensan es en los gastos, porque el Hostal es lo más caro de Cosquín. Estan siempre hablando de pasar a una pensión particular y que los trate un médico de afuera, o alquilar una casita y traer a la familia. También hay un hospital en Cosquín, y el otro día me dio un viraje raro el balero y me fui a verlo, que se yo, las cosas de puro aburrido que uno hace acá, mi vida. Me gusta de corazón decirte mi vida, que se yo, y cuando te vuelva a ver me vas ha hacer olvidar todo lo que vi, porque vos sos otra cosa, tan distinta.

Te voy a contar del hospital para pobres, te lo cuento asi sabés lo que es, y despues prometeme que nunca me vas a sacar el tema, vos que estás sana no te podés imaginar el ruido que hacen con la tos. En el Hostal se oye un poco de tos en el comedor, pero por suerte hay altoparlantes con discos o la radio, mientras comemos.

Yo el primer día que fuí al hospital habia salido para darme un baño en el rio. Pero soplaba un viento fresco, entonces empecé a dar vueltas para no caer a dormir la siesta y cuando me quise acordar estaba en la sierra alta, frente al hospital. El enfermo de la cama que está al lado de la puerta, en la sala brava, no tenía visita y nos pusimos a conversar. Me contó de él, y como andan levantados, con el piyama y una salida de baño que le dan ahi, se vinieron dos más a hablar. Me tomaron por médico practicante y yo les segui la corriente.

Yo ya no quiero ir mas pero voy de lástima para charlarle un poco al pobre diablo este de la primera cama, y vos no me vas a creer pero cada vez que voy hay alguno nuevo ¿te das cuenta de lo que te estoy diciendo? y curar no se cura nadie, vida, cuando se desocupa una cama es porque alguno se murió, si, no te asustes, ahi van nada más que los enfermos muy graves, por eso se mueren.

Vos ahora olvidate de todo esto, que a vos no te toca, vos sos sana, no te entran ni las balas, dura, sos como el diamantito que tienen en la ferretería para cortar los vidrios, aunque los diamantes son sin color como un vaso sin vino, mejor llenita de vino, coloradita entonces, como un rubí, mi vida. Escribime pronto, sé buena, y no tardes como esta vez en hechar la carta al busón.

Te espera impasiente y te besa mucho

tu Juan Carlos

Vale: me olvidaba decirte que en el Hostal tengo un buen amigo, en la próxima te contaré de él.

Bajo el sol del balcón junta sus borradores, hace a un lado la manta y deja la reposera. Se dirige a la habitación número catorce. En el pasillo cambia una casi imperceptible mirada de complicidad con una joven enfermera. El enfermo de la habitación catorce lo recibe con agrado. En seguida se dispone a corregir la ortografía de las tres cartas: la primera —de media carilla— dirigida a una señorita, la segunda —de dos carillas— dirigida a la hermana, y la tercera —de seis carillas— dirigida a otra señorita. Por último se desarrolla una larga conversación, en el curso de la cual el visitante narra casi completa la historia de su vida.

★

Cosquín, 10 de agosto de 1937

Vida:

El otro día llegaron juntitas tu segunda carta y la segunda de mi hermana. Claro que había una diferencia... y asi fue que a tu carta la lei como ochenta veces y la de mi hermana dos veces y chau, si te he visto no me acuerdo. Uno se da cuenta cuando le escriben de compromiso. Pero vida, por lo menos que te escriban, no me vas a creer si te digo que estas cuatro cartas son las unicas que he recibido desde que estoy aca ¿que le pasa a la gente? ¿tienen miedo de contajiarse por correo? Te aseguro que me la van a pagar. Que rasón tenía mi viejo, cuando estás en la mala todos te dan vueltas la cara. ¿Yo te conté alguna vez de mi viejo?

Mirá, el viejo tenia con otro hermano un campo grande a cuarenta kilometros de Vallejos, que ya habia sido de mi abuelo. Mi viejo era contador público, resibido en Buenos Aaires, con título universitario ¿me entendés? no era un simple perito mercantil como yo. Bueno, el viejo fue a estudiar a la capital porque mi abuelo lo mandó, porque veia que el viejo era una luz para los números, y el otro hermano que era un animal, se quedo a pastar con las vacas. Bueno, se murio mi abuelo y el viejo siguio estudiando, y el otro mientras lo dejó en la via, vendió el campo, se quedó con casi todo y desapareció de la superficie terrestre, hasta que supimos que está ahora por Tandil con una estancia de la gran flauta. Ya le va a llegar la hora.

Mi pobre viejo se la tuvo que aguantar y se instaló en Vallejos, no te digo que vivio mal, porque tenia trabajo a montones, y yo no me acuerdo de haberlo oido quejarse, pero la vieja cuando el se murió de un síncope empezó a chiyar como loca. Por ahí me acuerdo que sonó el timbre a la mañana después de velarlo toda la noche, eran como las ocho de la mañana, y la vieja había oido el tren de Buenos Aires, que llegaba en esa época a las siete y media. Todos estábamos sentados sin decir nada, y se oyó el ruido de la locomotora, y los pitos del tren, que llegaba de la capital y seguía para la Pampa. Se vé que la vieja pensó que el hermano del viejo podía haber llegado en ese tren ¿cómo?

si nadie le había abisado... Bueno, entonces resulta que al rato suena el timbre y la vieja corrió al galpón y agarró la escopeta: estaba segura de que era el atorrante ese y lo quería matar.

Pero eran los de las pompas fúnebres para cerrar el cajón. Ahi fue que a la vieja le dio por gritar y rebolcarse, pobre vieja, y a decir que el síncope del viejo era de tanta mala sangre que se había hecho en su vida por culpa del hermano ladrón, y que ahora quedaban los dos hijos sin el campo que les habría correspondido, que el viejo había sido demasiado noble, y no habia protestado ni hecho juicio contra esa estafa, pero que ahora los que se tenían que embromar eran la mujer y los hijos. Bueno, para que te voy a contar mas. A la noche cuando no me puedo dormir siempre me viene eso a la mente.

Que lejos esta todo ¿no? Y también vos estás lejos, rubí. Y ahora te tengo que explicar porque no te escribí a vuelta de correo, porque dejé pasar varios días... Estuve pensando tanto en vos, y en otras cosas, pensar que recién ahora que estoy lejos me doy cuenta de una cosa... Te lo quiero decir pero es como si se me atrancara la mano ¿que me pasa, rubia? ¿me dará vergüenza decir mentiras? yo no se si antes sentia lo mismo, a lo mejor sentia lo mismo y no me daba cuenta, porque ahora siento que te quiero tanto.

Si pudiera tenerte mas cerca, si pudiera verte entrar con el micro que llega de Córdoba, me parece que me curarías la tos de golpe, de la alegría nomás. ¿Y por qué no podría ser? todo por culpa de los malditos billetes, porque si tuviera billetes para tirar en seguida te mandaba un giro para que te vinieras con tu mamá a pasar unos días. Vida, yo te extraño, antes de resibir tu carta andaba raro, con miedo de enfermarme de veras, pero ahora cada vez que leo tu carta me vuelve la confianza. Qué felices vamos a ser, rubí, te voy a tomar todo el vinito que tenés adentro, y me voy a agarrar una curda de las buenas, una curda alegre, total después me dejás dormir una siesta al lado tuyo, a la vista de tu vieja, no te asustes, ella que nos vijile nomás ¿y el viejo, nadie le pisa los almásigos ahora que no estoy yo?

Bueno mi amor, escribime pronto una de esas cartas lindas tuyas, mandamela pronto, no la pienses como yo.

Te quiero de verdad,

Juan Carlos

Vale: otra vez me olvidaba de contarte que te manda saludos un señor muy bueno, internado aquí como yo. Me tomé el atrebimiento de mostrarle tus cartas, y le gustan mucho, fijate que es una persona de mucha educación, ex-profesor de la Universidad. A mí sí me dice que soy un animal para escribir.

Bajo el sol del balcón junta sus borradores, hace a un lado la manta, deja la reposera y se dirige a la habitación número catorce. Es amablemente recibido y después de asistir a la corrección de la única carta existente, el visitante debe retirarse a su habitación a causa de una inesperada sudoración acompañada de tos fuer-

te. El ocupante de la habitación catorce
piensa en la situación de su joven amigo
y en las posibles derivaciones del caso.

INTERROGANTES QUE SE FORMULÓ EL OCUPANTE DE LA
HABITACIÓN CATORCE AL CONSIDERAR EL CASO DE SU
AMIGO

¿se atrevería Juan Carlos, si conociese la gravedad
de su mal, a ligar una mujer a su vida con los lazos del
matrimonio?
¿tenía conciencia Juan Carlos de la gravedad de su
mal?
¿aceptaría Nené, en caso de ser virgen, casarse con un
tuberculoso?
¿aceptaría Nené, en caso de no ser virgen, casarse con
un tuberculoso?
si bien Juan Carlos sentía por Nené algo nuevo y
esa era la razón por la cual había decidido proponerle
matrimonio a su regreso a Vallejos, ¿por qué recordaba tan a menudo la torpeza de Nené el lejano día
en que lo convidó con una copa rebosante de licor ca-
sero posada sobre un plato de desayuno?
¿por qué repetía innumerables veces que Mabel era
egoísta y mala pero que sabía vestir y servir el té de
manera impecable?

OCTAVA ENTREGA

Yo adivino el parpadeo
de las luces que a lo lejos
van marcando mi retorno.
Son las mismas que alumbraron
con sus pálidos reflejos
hondas horas de dolor.

ALFREDO LE PERA

Cosquín, 19 de agosto de 1937

Mi vida:

Recibí tu carta a mediodía, justo antes de entrar al comedor, y ya te estoy contestando. Hoy no tengo verguenza de nada, te voy a contar todo lo que siento, estoy tan contento que me dan ganas de pegar un salto desde este balcón al jardín de abajo, le tengo ganas desde hace tiempo, es muy alto, pero hoy estoy seguro que caería bien plantado y saldría corriendo como un gato con todos los huesos sanos.

Vos dirás que soy malo pero una cosa que me gusta de tu carta es que te retó el gerente porque vas tanto al baño, a esconderte cuando te vienen las ganas de llorar por mi. Sonsita, no tenés que llorar ¿pero de veras me querés tanto?

Yo hoy hago una promesa, y es que voy a seguir todas las indicaciones de los médicos, que el otro día me andubieron retando, porque ya que estamos separados que sea por una causa, así cuando me veas aparecer por Vallejos vamos a estar seguros de que me curé del todo y no tengo que volver más acá, que en realidad no es feo lugar, pero está lejos de vos, eso sí que es feo. Entonces me tenés que prometer una cosa: que vas a aguantar sin andar llorando a escondidas, aunque tenga que quedarme acá hasta fin de año, pero tené la seguridad de que cuando deje este lugar es porque voy a estar sano. Sale un poco caro pero la salud no tiene precio. Al volver a Vallejos empesaremos una nueva vida, y unidos para siempre ¿me aceptás? Andá haciendo planes.

La verdad es que yo me estaba haciendo el loco con el tratamiento, pero a partir de hoy todo va a cambiar, lo que me va a costar más es no ir al rio, a bañarme, porque eso lo supo el médico y por poco me saca a patadas del consultorio. Pero ahora estoy tan contento, que cosa, me acuerdo el día que mi viejo me dio permiso, de que fuera en bicicleta las cinco leguas hasta el campo que había sido del abuelo. Lo había oido nombrar tanto que quería ver como era, yo tenía nueve o diez años más o menos, y cuando llegué había otro pibe cerca del casco de la estancia, que habían edificado hacía poco. El pibe andaba con un potriyito, solo porque no lo dejaban jugar con los peones, era el hijo del dueño y se puso a jugar conmigo, y me pidió la mitad de las milanesas que me habia preparado la vieja. Y cuando lo llamaron a almorzar, la niñera se dio cuenta de que el otro ya estaba comiendo y me hizo pasar adentro de la casa 'para que yo me terminara de llenar. Me habrán visto que no era un negro croto y me pusieron en la mesa, me llevaron primero a lavarme las manos, y la madre

Bajo el sol del balcón interrumpe la escritura, hace a un lado la manta, deja la reposera y se dirige a la habitación número catorce. Es cordialmente recibido. Como de costumbre entrega el borrador pero interpone una variante: más que corrección de ortografía solicita ayuda para redactar la carta en cuestión. Su propósito es enviar una carta de amor muy bien escrita, y tal pedido es acogido con entusiasmo. El profesor le propone de inmediato componer una carta parangonando la muchacha al Leteo, y le explica detalladamente que se trata de un río mitológico situado a la salida del Purgatorio donde las almas purificadas se bañan para borrar los malos recuerdos antes de emprender el vuelo al Paraíso. El joven ríe burlonamente y rechaza la propuesta por considerarla "muy novelera". Su interlocutor se ofende y agrega que es necesario para un enfermo desconfiar de las promesas de las mujeres, si ellas ofrecen mucho cabe la posibilidad de que se muevan por lástima y no por amor. El joven baja la vista y pide permiso para retirarse y descansar en su cuarto mientras se lleva a cabo la nueva redacción de la carta. Al llegar a la puerta alza la vista y mira al anciano en los ojos. Éste aprovecha la oportunidad y agrega que es injusto someter a una muchacha a tal destino. Ya en su cama el joven trata de dormir la siesta prescripta por los médicos. Obtiene un descanso relativo, su estado nervioso no le permite más que un sueño agitado por frecuentes pesadillas.

Imágenes y palabras que pasaron por la mente de Juan Carlos mientras dormía: un horno de ladrillos, huesos humanos con costras y chorreaduras de grasa, un asador en el medio del campo, un costillar asándose a fuego lento, paisanos buscando carbón y ramas secas para alimentar el fuego, un paisano encargado de vigilar el asado toma una botella de vino entera y se queda dormido dejando que el asado se queme, la carne se seca, el viento aviva las brasas y las llamas chisporrotean, un muerto expuesto al fuego clavado en el asador, un hierro vertical le atraviesa el corazón y se clava en la tierra, otro hierro le atraviesa las costillas y le sostiene los brazos abiertos, el muerto se mueve y se queja, está reducido a huesos cubiertos en parte por el pellejo seco y chamuscado, huesos humanos manchados de grasa negra, un pasillo largo y oscuro, un calabozo sin ventanas, manos de mujer que llevan un trapo mojado y un jabón, una taza llena de agua tibia, de espaldas una mujer va al río a buscar más agua en la taza, Nené frota el trapo entre sus manos y surge espuma muy blanca, lava con cuidado los huesos caídos entre las cenizas del asador, "piense, Juan Carlos, qué hermosa la idea de este río Leteo donde se dejan los malos recuerdos, esas almas avanzan con paso inseguro, todo les recuerda pasados tor-

121

mentos, ven el dolor donde no existe, porque lo llevan dentro, y a su paso lo van volcando, manchándolo todo", una jeringa de aguja gruesa se hunde entre las costillas de un tórax viril y ancho, el enfermo no sufre debido a la anestesia y agradece a la enfermera Nené, repentinamente el joven grita de dolor porque otra mano le está aplicando una inyección en el cuello, Nené arranca costras a los huesos y alguien se lo agradece, el doctor Aschero arrincona a Nené en el pasillo del hospital y le levanta las polleras por la fuerza, otro pasillo más largo está oscuro y hay huesos tirados por el suelo, Nené busca una escoba y los barre con cuidado para que los huesos no se dañen, Nené es la única que está viva, "las almas salen de esas negras cavernas expiatorias y ángeles luminosos les indican un río de aguas cristalinas. Las almas se acercan temerosas", los huesos están huecos y no pesan, se levanta viento y los arrastra para arriba, vuelan huesos por el aire, el viento los arrastra con tierra y hojas y otras basuras, "las almas finalmente se ungen en las aguas, cegadas por un velo de penas que les ocultaba todo, pero ahora elevan sus miradas y ven por primera vez la faz del cielo. Arranque Juan Carlos su velo de penas, puede ocultarle los cielos más claros", llega humo procedente de una quema de basura, el viento fuerte levanta la basura en remolinos y la lleva lejos, el viento arranca el techo a las casas y voltea árboles de raíz, vuelan chapas por el aire, hay huesos caídos entre los yuyos, una laguna estancada, el agua está podrida, alguien pide un vaso de agua a Nené, Nené no oye porque está lejos, alguien le pide a Nené que por favor traiga un vaso de agua porque la sed es insoportable, Nené no oye, alguien pide a Nené que cambie la funda de la almohada, Nené mira las manchas de sangre de la almohada, alguien pregunta a Nené si eso le da asco, un enfermo asegura a Nené que no estuvo tosiendo y que la funda está salpicada de tinta colorada, Nené se resiste a creerlo, alguien dice a Nené que se trata de tinta colorada o salsa de tomate pero no de sangre, una mujer sofoca la risa pero no es Nené, esa mujer oculta está riéndose del delantal de enfermera de Nené con grandes manchas de sangre, alguien le pregunta a Nené si cuando trabajaba como enfermera se le ensuciaba el delantal de sangre o de tinta colorada o de salsa de tomate, Nené lleva un vaso de agua al enfermo sediento, el enfermo le promete no bañarse más en el río, el enfermo promete a su madre afeitarse antes de ir al trabajo y comer todos los platos que le sirvan, el tren procedente de Buenos Aires llega en una mañana fría a la estación de Coronel Vallejos, el tren llega pero es de noche, Juan Carlos está muerto en el ataúd, la madre de Juan Carlos oye los pitos de la locomotora y cambia una mirada con Celina, Juan Carlos cuenta a su madre que tosiendo se ahogó en su propia sangre y es por eso que la almohada del ataúd en que yace está manchada de sangre, la madre y la hermana van al galpón, Juan Carlos ahogado en sangre trata de gritarles que no maten al tío, que no busquen la escopeta, el tío golpea a la puerta, Juan Carlos trata de advertirle el peligro que corre, el tío entra y Juan Carlos nota que es muy parecido al ocupante de la habitación catorce, Juan Carlos asegura a su tío que se ha corregido mucho y se afeita de mañana, y que es muy trabajador, el tío tiene algunos documentos en la mano y Juan Carlos concibe la esperanza de que sean los papeles que lo harán dueño de las estancias del tío, Juan Carlos oculta al tío lo que piensa y se ofrece en cambio como administrador, el tío no contesta pero sonríe bondadoso y se retira a descansar a la habitación número catorce, Juan Carlos piensa que cuando el tío se despierte le va a contar que su madre y su hermana han siempre hablado mal de él, el tío vuelve intempestivamente y Juan Carlos le reprocha haberse alojado en la habitación catorce en vez de permanecer en su estancia, Juan Carlos oye pasos, su madre y su hermana se acercan con la escopeta, Juan Carlos en vano trata de advertir a su tío del peligro que corre, Juan Carlos está muerto en el cajón y no puede hacer nada, el caño de la escopeta es grueso y la cabeza del ocupante de la habitación catorce queda rota en pedazos como una cáscara de huevo, las manchas son de sangre, Juan Carlos piensa que no tendrá necesidad de mentirle a nadie y dirá a todos que son manchas de sangre y no de tinta colorada o salsa de tomate.

Cosquín, 31 de agosto de 1937

Vida mía:

Hoy esperaba tu carta pero no llegó. Lo mismo me pongo a escribirte porque recibí carta de casa y estoy un poco embarullado. Parece que voy a tener que volver a Vallejos y después vendría para acá a completar la cura, cuanto antes. Además la vieja quiere que yo.

personalmente me encargue de tratar con los inquili-
nos de las dos casas para intentar suvirles el alquiler.

¿Sabés una cosa? el médico dijo que voy mejor, yo
ahora le hago caso en todo.

Te besa muy fuerte,

Juan Carlos

> Toma la hoja escrita sin borrador pre-
> vio, la coloca en un sobre y se apresura
> a entregarla al portero antes del retiro
> de la bolsa diaria, a las 16:00. La tem-
> peratura es alta para la época del año, no
> sopla viento. Piensa en el agua tibia del
> río. Se dirige a la habitación número ca-
> torce para proponer una partida de nai-
> pes como pasatiempo hasta que llegue
> la hora del té.

★

Cosquín, 9 de setiembre de 1937

Mi vida:

Es posible que yo llegue antes que estas líneas pero
lo mismo necesito hablar un poco con vos. No estoy
bien, de ánimo quiero decir.

Ahora te pido una cosa, y muy en serio, que por
favor no digas a nadie, ni en tu casa, que vuelvo sin
completar la cura. Yo hasta último momento tenía la
esperanza de que mi hermana y la vieja arreglaran
las cosas sin necesidad de que yo fuera para allá,
pero no hubo caso. Los de la Intendencia no quieren

125

alargar la licencia, que les hace, total es sin goce de sueldo.

Pienso que si arreglo todo volveré aquí lo más pronto posible. Mirá rubia, ya de charlar un poco con vos me siento mejor ¡cómo será cuando te vea! Hoy fue uno de los peores días de mi vida.

Hasta prontito, te besa y abraza

Juan Carlos

Bajo el sol del balcón junta sus borradores, hace a un lado la manta, deja la reposera y mira en derredor, buscando algo nuevo para recrearse la vista. No encuentra nada. Piensa en que esa noche la joven enfermera Matilde estará de guardia, dispuesta a acudir al llamado de los pacientes. Desea intensamente un cigarrillo. Observa el cielo. No hay nubes y no sopla viento. Pese a estar próxima la hora del té decide ir a bañarse al río, además será una de las últimas oportunidades de nadar, pues su partida está fijada para tres días más tarde.

MINISTERIO DE SALUD PÚBLICA
DE LA PROVINCIA DE BUENOS AIRES

Fecha: 11 de junio de 1937
Sala: Clínica General
Médico: Dr. Juan José Malbrán
Paciente: Antonia Josefa Ramírez
Diagnóstico: Embarazo normal
Síntomas: Última menstruación segunda semana de abril, vómitos, mareos, cuadro clínico general confirmatorio.
Notas: Internación prevista en Sala Maternidad última semana de enero. Paciente domiciliada en calle Alberti 488, como doméstica del Sr. Antonio Sáenz, soltera, no reveló nombre presunto padre.

Pasar duplicado ficha a Sala Maternidad

POLICÍA DE LA PROVINCIA DE BUENOS AIRES

Comisaría o Seccional: Coronel Vallejos
Destino de expediente: Archivo local
Fecha: 29 de julio de 1937
Texto: Por la presente se deja por sentado el embarque en el tren de pasajeros con destino a la Capital Federal, en el día de la fecha, a las 19:15 horas, de los aspirantes a suboficial que se nombran a continua-

ción: Narciso Ángel Bermúdez, Francisco Catalino Páez y Federico Cuello. Los acompaña el Cabo Primero Romualdo Castaños, portador de la documentación requerida tales como libreta de enrolamiento y legajo de inscripción de cada uno de los aspirantes. El Cabo Primero Castaños los acompañará en el trasbordo de la Estación Once del Ferrocarril Oeste a la estación Constitución del Ferrocarril Sur donde se embarcarán en el primer tren disponible con rumbo a la ciudad de La Plata, donde de inmediato se presentarán a la División N.º 2 de la Policía de la Provincia. Se prevé la iniciación de los cursos para el día 1 de agosto por una duración de seis meses.

Benito Jaime García
Subcomisario a Cargo

MINISTERIO DE AGRICULTURA Y GANADERÍA
DE LA PROVINCIA DE BUENOS AIRES

La Plata, 12 de setiembre de 1937

Orden administrativo
Interposición de demanda — Copia para archivo

En fecha de hoy fueron presentadas en mesa 3 el Certificado de Venta y el Acta elevada ante el Comisario de Coronel Vallejos por denuncia del Sr. Cecil Brough-Croydon, con domicilio en Estancia "Percival" del Partido de Coronel Vallejos, contra el Sr. Antonio Sáenz, Martillero, domiciliado en Alberti N.º 468, Coronel Vallejos, acusado éste de haberle vendido al primero ganado con vicios redhibitorios, tales como garrapata y carbunclo.

★

...el colectivo, el barquinazo, la polvareda, la ventanilla, el campo, el alambrado, las vacas, el pasto, el chofer, la gorra, la ventanilla, el caballo, un rancho, el poste del telégrafo, el poste de la Unión Telefónica, el respaldo del asiento de adelante, las piernas, la raya del pantalón, el barquinazo, las sentaderas, prohibido fumar en este vehículo, el chicle, la ventanilla, el campo, las vacas, el pasto, los choclos, la alfalfa, un sulky, una chacra, un almacén, una casa, Bar-Almacén La Criolla, el campo de girasoles, Club Social-Sede Deportiva, los ranchos, las casas, la ventanilla, los faroles, la tierra, el asfalto, Martillero Público Antonio P. Sáenz, Consultorio Dr. Aschero, la vereda de baldosas, las luces, Tienda Al Barato Argentino, Banco de la Provincia, Empresa de Transportes La Flecha del Oeste, los frenos, las piernas, los calambres, el sombrero, el poncho, la valija, mi hermana, el abrazo, los cachetes, el viento, el poncho, el frío, la tos, tres cuadras, la valija, Tienda Al Barato Argentino, Consultorio Dr. Aschero, Bar La Unión, el sudor, los sobacos, los pies, la ingle, el picor, los vecinos, la vereda, la puerta de calle abierta, mi madre, la pañoleta negra, el abrazo, las lágrimas, el zaguán, el vestíbulo, la valija, la tierra, el poncho, la tos, la piel bronceada, cinco kilos más de peso, Cosquín, la Intendencia, los aumentos de alquiler, la licencia, el Hostal, el presupuesto, el médico, el diagnóstico, el tratamiento, la radiografía, la pieza, la cama, la mesa de luz, la estufa a kerosene, el ropero, el baño, el agua caliente, la bañadera, el lavatorio, el inodoro, la percha, la toalla, la estufa, el espejo, el tuberculoso, el atleta, el órgano sexual, la piel bronceada, el sudor, el picor, los calambres, la canilla, el chorro, el agua caliente, el jabón, la espuma, el perfume, Nené, la enfermera Matilde, Nené, Mabel, Nené, Nené, Nené, anillo de compromiso, el agua tibia, la rejilla de madera, las chancletas, las gotas de agua, la toalla, la estufa, las llamas, el escalofrío, la ropa interior, la navaja, el jabón, la barba, el agua de colonia, el peine, el jopo, la mesa, mi madre, mi hermana, los platos, la servilleta, las noticias de Vallejos, el carbunclo, el carbunclo, el escándalo, Mabel, el inglés, la acusación, la bancarrota, Mabel, la sopa, la cuchara, los dedalitos, el carbunclo, la estafa, el pan, una cucharada de extracto de carne en la sopa, el compromiso roto, la estancia, las estancias, el vino, la soda, el agua, el bife con puré, el pan, el vino, mi madre, la licencia, el sueldo, el presupuesto, el picnic, Mabel, los quejidos, las lágrimas, el cuchillo, el tenedor, el bife, el puré, el vino, la bancarrota, el empleo de maestra, la estafa, la vergüenza, mi hembrita, el pic-nic, el abrazo, el beso, el dolor, la sangre, el pasto, los cachetes, los labios, las lágrimas en la boca, el ínglés, la denuncia, la estafa, la bancarrota, la deshonra, la pobreza, el puré, la manzana asada, el almíbar, mi madre, mi hermana, el café, las nueve y cuarto de la noche, el frío, el poncho, la vereda, el viento, las calles de tierra, la esquina, el portón, el ligustro, la rubia, Nené, mi novia, la madre, el padre, la cocina, la mesa, el hule, Cosquín, el tratamiento, la curación, la Intendencia, mi empleo, los planes, las intenciones, el padre jardinero, la vereda, el portón, Nené, el padre, el almácigo, el ligustro, la vereda de tierra, la casa sin revoque, el empleo de empaquetadora, la piel blanca, los labios, el frío, el viento, el portón, la luz en la cocina, la madre en la cocina, las promesas de las mujeres, "¿no estás curado del todo? pero faltará poco, estoy segura que para fin de año te curás del todo ¿fue muy cansador el viaje en colectivo?", la habitación número catorce, el viejo, ¿te animás a casarte con un enfermo? "a mí no me importa nada, pero eso mejor no... sacá esa mano, Juan Carlos", el doctor Aschero, mi hermana, el chisme, "mejor la noche de bodas, así nos portamos bien unos meses más y vos ya te curás, pero me da miedo que nos vean en este portón, ¿y después me vas a seguir queriendo? esperemos un rato más que se duerman, Juan Carlos, pero acordate que es porque vos me lo pediste", ¿me echarán de la Intendencia? ¿la echarán de la escuela?, solos en un ranchito, pan y cebolla frita, no, si no me lo pedís vos yo no te toco ni las manos, pedímelo vos, Nené, demostrame que me querés para siempre, que no te importa de nada, "no querido, si yo te lo pido vas a decir que soy una cualquiera, eso nunca, y pueden aparecerse papá y mamá, y yo tengo miedo, Juan Carlos ¿por qué los hombres son así? ¿no te conformás con tenerme abrazada?", el portón, el ligustro, el viento, el frío, "¡Juan Carlos, no te vayas enojado!", la esquina, las calles de asfalto, los faroles, las veredas, las casas, las ventanas cerradas, las puertas cerradas, las esquinas, la oscuridad, la obra en construcción, la Comisaría nueva, la entrada terminada, el candado, la cadena, Mabel, Mabel, ¡Mabel! yo tengo ganas de verte, mañana, cuando sea de día, te voy a decir que me volví... ¡porque ya estoy curado! y que no me importa que estés en la bancarrota, ¿y no hay mal que por bien no venga? ¡qué suerte que me volví!, el farol, la vereda, el asfalto, el viento, el frío, la oscuridad, la obra en construcción, la entrada terminada, el candado, la cadena, no hay mal que por bien no venga

2

BOQUITAS AZULES, VIOLÁCEAS, NEGRAS

NOVENA ENTREGA

...Si fui flojo, si fui ciego,
sólo quiero que comprendas
el valor que representa
el coraje de querer.

ALFREDO LE PERA

RECAPITULACIÓN: A su regreso de Cosquín, Juan Carlos Etchepare en vano intentó ver a María Mabel Sáenz, pues la joven se ausentó, no sin antes pedir permiso al Consejo Escolar. La licencia le fue inmediatamente acordada, con goce de sueldo. Sus padres la despidieron en la estación ferroviaria y permanecieron en el andén hasta que el tren se perdió de vista, rumbo a Buenos Aires. Conversaciones entre el Dr. Malbrán y el Intendente Municipal decidieron poco después la suerte de Juan Carlos: el joven no estaba en condiciones de volver al trabajo y tampoco se le podía prolongar la licencia. Sin más fue dejado cesante y este hecho tuvo una rápida repercusión en el hogar de Nélida Enriqueta Fernández, donde se oyeron entre otras las siguientes acusaciones: "—¡Yo como padre de Nené tengo derecho a hacerle esas preguntas!", "—¡Si Usted no puede volver a su trabajo es porque no está bien!", "—¡¿Cómo tiene el coraje de acercarse a mi hija si no está sano?!", "—¿No tiene conciencia Usted? ¿y si me la contagia?" Juan Carlos se ofendió, convencido de que un jardinero no era quién para increparlo. Pero las jornadas pasadas en el bar se hacían largas y no animándose a confiar sus pesares a nadie, echaba de menos a Pancho. Juan Carlos deseaba que su amigo abandonase el curso dictado en la capital de la provincia, para que volviese a hacerle compañía, y hablando con el comisario durante un partido de poker involuntariamente hizo alusión al embarazo de la sirvienta de los Sáenz.

Día 27 de enero de 1938

Haciendo un alto en el trajín del día, a las 12:48 Nélida Enriqueta Fernández se secó los labios con la servilleta, la dobló y dejó la mesa con el propósito de dormir una hora de siesta. En su cuarto se quitó los zapatos y el uniforme azul de algodón. Retiró el cubrecama y se echó sobre la sábana. La temperatura era de 39 grados a la sombra. Buscó una posición cómoda, de costado. La almohada le molestó y la empujó a un lado. Se colocó boca abajo. A pesar de haberse quitado los zapatos los pies seguían doloridos, con los entrededos irritados y en parte lastimados por el sudor ácido; debajo del pulgar del pie derecho el ardor de un principio de ampolla empezaba a ceder. Con una mano reacomodó las horquillas para liberar el cuello del calor aprisionado en su mata de pelo, llevándola hacia arriba. El cuello estaba humedecido por una capa de traspiración casi imperceptible, del cuero cabelludo le bajó una gota redonda de sudor, y luego otra. Los breteles del corpiño y la enagua, humedecidos también, se hundían en la piel, los corrió hasta debajo del hombro. Debió juntar los brazos contra el cuerpo para

no forzar las costuras. Las gotas brotadas bajo los hombros se expandieron, brotaron otras. Volvió los breteles a su lugar y se colocó boca arriba con los brazos separados del cuerpo. Se había afeitado el vello de las axilas y la piel estaba enrojecida por la aplicación de líquidos antisudorales. La espalda, en contacto con la cama, calentaba las sábanas y el colchón. Se corrió hacia el borde de la cama buscando una franja más fresca de sábana y colchón. Un escozor incómodo, de piel sudada, le empezó a atacar. La respiración era pesada, el aire le empujaba el diafragma con lentitud y fuerza hacia abajo. La garganta tensa registraba ráfagas nerviosas y dejaba pasar la saliva con dificultad. La opresión del cráneo en las sienes se acentuaba, posiblemente a causa de los dos vasos de vino con limón y hielo que había tomado durante el almuerzo. Alrededor de los ojos una vibración interna le inflamaba los párpados, pensó que toda una carga de lágrimas estaba lista para volcársele por la cara. Algo le pesaba cada vez más, a modo de una piedra, en el centro del pecho.
¿Cuál era en' ese momento su mayor deseo?
En ese momento su mayor deseo era que Juan Carlos recuperase el empleo de la Intendencia.
¿Cuál era en ese momento su temor más grande?
En ese momento su temor más grande era que alguien se encargase de enterar al joven martillero público llegado poco antes a Vallejos —con quien tanto había bailado en la kermese navideña— de su pasada relación equívoca con el Dr. Aschero.

El ya mencionado 27 de enero de 1938, haciendo un alto en el trajín del día, a las 21: 30 Juan Carlos

Etchepare se dispuso a fumar el único cigarrillo diario, sentado en el jardín de su casa. Antes de la puesta del sol su madre había regado los canteros y los caminos de pedregullo, un aire fresco se desprendía con olor vigorizante a tierra mojada. El encendedor dio una llama pequeña, el tabaco se encendió y desprendió humo blanco caliente. El humo más oscuro que exhaló Juan Carlos formó una montaña trasparente, detrás estaban los canteros con cerco de jacintos rodeando una palmera, cuatro canteros, cuatro palmeras, al fondo el gallinero y el tapial, pasado el tapial los eucaliptus de un corralón de hierros viejos, más allá no se veían sierras. La pampa chata, viento y tierra, detrás de la polvareda apenas si la había alcanzado a ver de lejos, subía el auto con el padre y la madre, el auto arrancó levantando a su vez otro remolino de tierra. El cigarrillo estaba reducido a un pucho, lo arrojó a un cantero. La mano derecha mecánicamente palpó el paquete en el bolsillo de la camisa. ¿Fumaría otro? Los sueldos de maestra variaban entre 125 y 200 pesos, una licencia con goce de sueldo era difícil de conseguir si no mediaba el Intendente Municipal, amigo del Sr. Sáenz. 250 pesos por mes bastaban para pagar el Hostal y cubrir pequeños gastos personales ¿ni siquiera una licencia sin goce de sueldo? El documento de cesantía del empleado Etchepare estaba firmado por el Intendente, el Pro-Secretario y el Tesorero de la Municipalidad; el humo caliente del segundo cigarrillo le llenaba el pecho de una agradable sensación.

¿Cuál era en ese momento su mayor deseo?

En ese momento su mayor deseo era conseguir de algún

modo el dinero para dejar el pueblo y continuar la cura en el sanatorio más caro de Cosquín.
¿Cuál era en ese momento su temor más grande?
En ese momento su temor más grande era morirse.

El ya mencionado 27 de enero de 1938, haciendo un alto en el trajín del día, a las 17:30, de vuelta de la peluquería donde se había sometido a un fatigoso ondulado permanente, María Mabel Sáenz pidió a la tía el diario de la mañana y se retiró a su cuarto a descansar. Se quitó la ropa de calle y se cubrió con una fresca bata de casa. Colocó el ventilador eléctrico en la mesa de luz y entornó las persianas dejando la luz necesaria para leer la cartelera cinematográfica publicada en el diario. Nada mejor que elegir una sala con refrigeración para escapar con su tía, también aficionada al cine, del calor sofocante de la ciudad de Buenos Aires. El mayor sacrificio consistía en tomar el subterráneo, muy caluroso, que en diez minutos las depositaría en el centro mismo de la ciudad, donde se levantaban las principales salas cinematográficas con refrigeración. Buscó la sección especializada, empezando a abrir el diario por la primera página. En la segunda página no estaban los cines, tampoco en la tercera, tampoco en la cuarta, quinta, sexta, séptima, octava, sintió una creciente irritación nerviosa, decidió empezar a hojear el diario de atrás para adelante pero en la última página y en la penúltima había sólo avisos inmobiliarios, lo mismo en la precedente, y en la otra, y en la otra. La irritación hizo crisis, formó una bola con el diario y la arrojó con fuerza contra el ventilador. Atribuyó su alto grado de nerviosidad a las largas

horas pasadas en la peluquería bajo el secador. Lloriqueó sin lágrimas, hundió la cara en la almohada y reflexionó. ¿Por qué estaba tan nerviosa, fuera o no a la peluquería? Culpó a los largos días de ocio y a las noches de insomnio, inerte en su cama. Cuando recobró la serenidad alisó las hojas del diario y reanudó la búsqueda de la página consabida. Había refrigeración en el cinematógrafo Ópera: *El lancero espía* con George Sanders y Dolores del Río; también refrigeración en el Gran Rex: *Entre bastidores* con dos actrices preferidas, Katharine Hepburn y Ginger Rogers ¿pero habría entradas siendo estreno?; en el Monumental *Tres argentinos en París*, películas nacionales sólo veía en Vallejos, cuando no había otra cosa que hacer, con Florencio Parravicini, Irma Córdoba y Hugo del Carril; en el Gran Cine Florida programa europeo, *El secreto de la Pompadour* con Kathe von Nagy y Willy Eicherberg, alemana, y *La casta Susana* con Henri Garat y Meg Lemonnier; otro programa doble en el Rose Marie: *Saratoga* con Jean Harlow "la rubia platinada en su éxito póstumo" y *No se puede tener todo* con Alice Faye, Don Ameche y los Hermanos Ritz. ¿Cuál era el cine que según su tía atraía la concurrencia más distinguida? El Ambassador: "refrigeración, Metro-Goldwyn-Mayer presenta una exquisita comedia de románticos enredos con Luise Rainer, William Powell y Maureen O'Sullivan, *Los candelabros del emperador*". ¿No había ningún estreno con Robert Taylor? No.
¿Cuál era en ese momento su mayor deseo?
En ese momento su mayor deseo era ver entrar sigilosamente por la puerta de su cuarto a Robert Taylor,

o en su defecto a Tyrone Power, con un ramo de rosas rojas en la mano y en los ojos un designio voluptuoso.

¿Cuál era en ese momento su temor más grande?

En ese momento su temor más grande era que su padre perdiera el proceso iniciado por su detestado ex prometido Cecil, lo cual acarrearía daños importantes para la situación económica y social de la familia Sáenz.

El ya mencionado 27 de enero de 1938, haciendo un alto en el trajín del día, a las 17:45 horas, Francisco Catalino Páez se dejó caer en el camastro del cuartel. Los ejercicios de instrucción de Tiro al Blanco estaban terminados por ese día, se había distinguido nuevamente, así como en las clases teóricas que tenían lugar de mañana. La gruesa tela sanforizada de la camisa de fajina estaba pegada al cuerpo mojado de sudor. Decidió darse un gusto y se dirigió al baño de la cuadra. El agua de la ducha salía fría pero no tanto como el agua de la bomba al fondo del rancho. Y no tenía que bombear, el agua salía sola, con sólo abrir una canilla, abundante, se la podía derrochar. Esa tarde estaba permitido salir, pero no podía perder la cena del cuartel ni gastar dinero en tranvía, y el centro de la ciudad de La Plata estaba lejos de allí. De todos modos sacó del armario el flamante uniforme de Suboficial de Policía y pasó la yema de los dedos por la gabardina de la chaqueta y los pantalones, por el cuero lustroso de las botas, por los hilos dorados de las charreteras, por los botones de metal, todos exactamente iguales, sin defectos de fabricación, bruñidos, cosidos a la gabardina con hilo doble. Se vistió con lentitud, temiendo desgarrar alguna costura, o rayar la superficie de las botas. Estaba solo en la cuadra, todos habían salido. Fue al baño y observó detenidamente al suboficial del espejo. La desaparición del bigote campero y el corte de pelo militar, rapado en los costados, cambiaba su fisonomía descubriendo rasgos casi adolescentes. Al ponerse la gorra se acentuaba en cambio la fuerza de la mirada, ojos de hombre, con alguna arruga: él solía crispar los párpados al recibir el chorro helado del agua de la bomba, y al barajar el par de ladrillos que se pasaban de mano en mano los albañiles descargando un camión, y al hundir el pico o la pala con todas sus fuerzas en la tosca, y al notar en un espejo ocasional de la calle que los pantalones regalados además de estar gastados le iban grandes o chicos. Se quitó la gorra de visera refulgente, se la volvió a poner, probándola más o menos requintada.

¿Cuál era en ese momento su mayor deseo?

En ese momento su mayor deseo era dar una vuelta por las calles principales de Vallejos, con su flamante uniforme.

¿Cuál era en ese momento su temor más grande?

En ese momento su temor más grande era que Raba lo denunciase a la Comisaría de Coronel Vallejos como padre de la criatura por nacer.

El ya mencionado 27 de enero de 1938, haciendo un alto en el trajín del día, Antonia Josefa Ramírez, a las 23:30, descansaba en una camilla de la Sala de Partos del Hospital Regional del Partido de Coronel Vallejos. Había sido trasladada de urgencia una hora antes, después de caminar atacada de intensos dolores cuatro cuadras desde su rancho hasta la primera casa con teléfono. Su tía estaba como de costumbre trabajando como doméstica en una casa céntrica y no volvía hasta tarde. La enfermera pensaba que era una falsa alarma, pero esperaba que el médico volviera de una revisación en la sala de primeros auxilios y la observara, antes de decidir internarla o mandarla de vuelta a la casa. La enfermera entraba y salía, dejando la puerta abierta. Raba se incorporó y vio en el patio iluminado por una lamparita tenue, a algunos hombres, seguramente esposos de las muchachas internadas, y viejas de pelo blanco, seguramente las madres o suegras, esperando las novedades a producirse de un momento a otro. Pancho estaba lejos, pero era por el bien de todos: se estaba haciendo Suboficial, al volver ganaría bien, el 29 de julio se había ido, hacía ya seis meses casi que no lo veía, y ella había cumplido su promesa, de no decir nada a nadie. Cuando él estuviera afianzado en su puesto podrían arreglar las cosas ¿pero por qué no había contestado a sus cartas? ¿se habrían perdido? ¿su letra era tan torpe que los carteros no la habían entendido? Uno de los muchachos del patio se parecía a Pancho, tal vez sólo por los bigotes espesos y el pelo rizado largo, estaba nervioso, se paseaba fumando. Raba deseó intensamente agarrar con fuerza la mano grande de Pancho, él entonces la besaría con suavidad, Raba sentiría el roce del bigote espeso y le acariciaría la cabeza, el pelo largo y rizado. La lamparita del patio era pequeña y debido al calor volaban en torno más bichos que de costumbre, tábanos, tatadioses y cascarudos.

¿Cuál era en ese momento su mayor deseo?

En ese momento su mayor deseo era que la criatura naciera sana.

¿Cuál era en ese momento su temor más grande?

En ese momento su temor más grande era que Pancho volviera y repudiara a ella y a la criatura.

Buenos Aires, 10 de noviembre de 1938

Querida Mabel:

Cumplo con mi promesa de escribirte, la carta que tanto me encomendaste, picarona. Ante todo deseo que estas líneas te encuentren bien, lo mismo tu familia. Creo que fue en sexto grado que nos hicimos esta promesa, cuando teníamos apenas doce años, y ya no pensábamos más que en novios. Bueno, me tocó a mí ser la primera en viajar de luna de miel, así que empiezo yo.

Ante todo muchísimas gracias por el regalo tan lindo, qué hermoso velador, el tul blanco de la pantalla es una hermosura, era ese el que yo quería para mi traje de novia, pero no hubo caso de encontrarlo, debe ser importado. Y también, demás está decirlo, ese regalo me significó más cosas: que en el fondo nunca habíamos dejado de ser amigas. No es que una sea materialista, qué sé yo, vos ya me habías parado por la calle para felicitarme, de todo corazón, y no me había dado cuenta que volvíamos a la amistad como antes, pero el día antes de mi casamiento, cuando llegó el velador, yo lo miraba y la llamé a mamá para mostrarle que mi compañera de escuela se había acordado de mí. ¡Y qué bien elegiste! Mil gracias de nuevo.

¿Por dónde empiezo? De la iglesia volvimos a casa de mamá, brindamos con los poquitos parientes y mis suegros que habían venido de Trenque Lauquen, y a eso de las nueve y media ya me cambié, estrené el traje de saco de que te había hablado, y salimos en el auto, que es un cascajo pero anda. Yo hasta ahí no me había emocionado, de tantos nervios que tenía con el vestido largo, y con las valijas sin cerrar, y hasta último momento peleando con mamá porque insistía que me trajera el vestido de novia a Buenos Aires para sacarme la foto acá. Bueno, al fin le hice caso, pero todavía no nos hemos fotografiado, mañana a la mañana voy a salir a pedir precio por las casas de fotos de la calle Callao, perdón, la avenida Callao, se me enoja muchísimo Massa cuando me hago esas confusiones de nombres, porque vi casas muy buenas. Como te decía, toda la ceremonia en la iglesia, y la mañana en el civil, tan nerviosa con el vestido y el peinado, y la toca de tul que me quedaba tan mal en las pruebas, yo no sentía nada, nervios nada más, y la boca seca, muerta de sed, pero cuando me puse el traje de saco ya me empecé a sentir rara, y al subir al auto y despedirme de mamá me emocioné tanto, tanto, Mabel, que lloraba como una loca. Me venía desde el pecho, desde el corazón mismo, el llanto. Cuando arrancó el coche, mi marido me miró la cara y se reía, pero él también estaba emocionado, porque había visto que la madre de él también lloraba, pobre señora, parece que es muy buena. Yo me bajé el tul del sombrero y lo embromé, no quería que me viera toda despintada. Por suerte el camino de tierra estaba bastante apisonado por la lluvia y a las doce más o menos llegamos a Lincoln. Ahí pasamos la noche, y después de almorzar al día siguiente seguimos viaje a Buenos Aires. Ya a eso de las siete de la tarde entramos en Buenos Aires, por la avenida Rivadavia derecho ¡qué luces! mi marido me iba indicando los barrios que atravesábamos, Liniers, Flores, Caballito ¿bonitos nombres, verdad?, Once, hasta este hotel, precioso, de cuatro pisos, enorme, viejo pero conservado, que está en la avenida Callao, cerquita de nada menos que el Congreso.

Yo había venido dos veces no más a Buenos Aires, una vez de chica, y la otra vez cuando internaron en el hospital a mi abuelita, ya grave. Estábamos de luto y no fuimos a ninguna parte. Lo primero que hice ahora fue llevarle flores, aunque me costó una discusión con Massa, él quiere hacer todo a su modo, pero es muy bueno, no me estoy quejando. Bueno, lo que te quiero decir es que yo no conocía nada, casi. Mirá, el hotel es muy salado pero vale la pena, y a mi marido le conviene estar acá porque tiene que recibir a unos hombres de negocios con los que está tratando.

Es por eso que vinimos a Buenos Aires de luna de miel, porque así él resuelve unas cosas, mirá, a lo mejor trae mala suerte contar cosas antes de que se hagan, pero no aguanto más. Resulta que a Massa no le gusta Vallejos ni pizca. Dice que no ha visto un pueblo más chismoso y asqueroso de envidia que Vallejos, según él Trenque Lauquen progresa menos pero la gente es más buena. Ahora adonde él se quiere venir a vivir es... acá. ¡Nada menos! Fíjate qué ambicioso me salió el gordito. Y él acá tiene unos amigos de su pueblo que les está yendo bien, y por ahí ligamos también nosotros. Por lo pronto nos decidimos a quedarnos ya una semana más, en vez de hacer unas compras para la casa que teníamos pensadas, total con los regalos tenemos preciosos adornos ya, es cuestión de acomodarlos bien.

Vos dirás que te cuento cosas, pero no las de la luna de miel, realmente. Ante todo, Mabel, es un muchacho muy pero muy bueno. Con eso no quiero decirte que no tenga su carácter, pero no piensa más que en el porvenir, y en que vamos a tener todas las comodidades, y piensa siempre en lo que a mí me gusta para comprarme así no trabajo mucho en la casa, y cuando él tiene una tarde libre, porque a la mañana siempre sale por sus cosas, ya te digo de tarde salimos a ver heladeras, una victrola ya la tenemos elegida, y si lo convenzo una de las primeras cosas que vamos a comprar es un ventilador que vi, de esos chiquitos que son la última novedad, todos cremita. Y cuando pienso que no voy a tener que ir más a la tienda, no lo puedo creer, pellízcame Mabel, así me doy cuenta de que no estoy soñando.

Claro que cuando vuelva a Vallejos me espera muchísimo trabajo, porque con el casamiento tan apurado, que me imagino lo que dirán en Vallejos y que la lengua se les caiga a pedazos, como te decía del apuro ni cortinas nuevas puse en mi pieza. Ay, qué inmundos, las cosas que dirán, que Massa no tiene dónde caerse muerto, que nos vamos a vivir a casa de mamá. Ya van a ver, porque si esperan que antes de los nueve meses haya novedades, claro que les vamos a dar las novedades, que es el traslado a la capital, y si eso falla, bueno, ya tenemos en vista un chalecito para alquilar en el pueblo, en una calle de asfalto. Te digo estas intimidades porque como vos y tu familia han sufrido en carne propia lo que es la maldad de la gente, en estos meses que tuvieron ese disgusto, por eso te lo digo, porque vos me podés comprender.

Mi marido me pregunta qué prefiero en Buenos Aires, si un departamento en el centro o una casita con patio en las afueras. Ay, Mabel, estoy tan encantada que quiero quedarme en el centro. Bueno, te cuento lo que hago a la mañana. El desayuno Massa lo quiere en la habitación, y ya que estamos, ahí es el momento a que me cuesta más acostumbrarme: a que me pesque a la mañana con la facha de recién despierta ¡qué rabia me da! Bueno, él se va y yo me coso las cortinas, mirá, si dura poco la estadía en casa de mamá no importa, le quedaran a ella, buena falta le hace algo que la alegre un poco, sabrás que papá no está nada bien. Bueno, no hablemos de cosas tristes. Como te decía estoy haciendo las cortinas para la que era mi pieza de soltera, encontré un género precioso y nada caro así que lo compré y me las estoy haciendo. Me arreglo bien para el almuerzo y si consigo que Massa no duerma la siesta, cuando está libre salimos ya te dije, y si estoy sola me recorro todos los lugares de la capital que quiero ver. Total es facilísimo, ya estoy aprendiendo los nombres de las calles, me fui sola hasta el Cabildo, la Torre de los Ingleses, el rascacielos que está enfrente, la estación Retiro, el puerto, y subí a un barco militar que se podía visitar. Mañana voy a conocer la estación de Constitución, y mi marido (che, no me acostumbro todavía a decir mi marido), bueno, mi marido, me ha prometido llevarme a la Boca, yo sola no voy porque hay muchos matones. A las siete yo siempre lo estoy esperando en el hotel, porque viene a veces con algún hombre de negocios y vamos a tomar un vermouth por ahí. Esta semana por suerte yo me di cuenta de preguntar en el hotel si nos daban pensión sin cena, así podíamos cenar por ahí, y salí con la mía. Mirá, fue la mejor idea, porque al tener paga la cena en el hotel, que sirven tan rica comida, nos llenábamos como animales, y como te imaginás lo que son los hombres en luna de miel, no quería salir ya.

Bueno, Mabel, ya desde el lunes que empezamos a comer afuera la cosa cambió, porque si tenés que pagar ya no comés de puro angurriento como en el hotel, quedás satisfecho pero más liviano. Bueno, y yo me lo llevo caminando siempre para cerca del obelisco, vamos como quien no quiere la cosa caminando despacito, y cuando se quiere acordar ya está en el obelisco el señor Massa. Ahí hay restaurantes para tirar para arriba, ¿y ahora te das cuenta a lo que voy? Justo terminamos de cenar a eso de las nueve y media en pleno barrio de los teatros y los cines, y no se me puede negar. El lunes estaban de descanso las compañías y fuimos al cine, preciosa, *Argelia,* con Charles Boyer y una chica nueva que no me acuerdo cómo se llama que es la mujer más divina que he visto en mi vida, y de paso me conocí el cine Ópera, que tanto me habías nombrado. Ay, tenías razón, qué lujo de no creer, al entrar me vi a los lados esos balcones de palacios a todo lujo, con plantas tan cuidadas, y los vitrales de colores, y encima de la pantalla ese arco iris, me quedé muda,

cuando mi marido me codea y me señala el techo...
ahí ya por poco grito ¡las estrellas brillando y las
nubes moviéndose que es un cielo de veras! La película era buena pero lo mismo yo de vez en cuando miraba para arriba, y los movimientos de nubes seguían
durante toda la función. Con razón cobran tan caro.

El martes insistí hasta que lo convencí a Massa de
que me llevara a un teatro de revistas, caímos al Mai-
po, daban *Goodbye obelisco,* acá tengo el programa,
con Pepe Arias, la esposa de él Aída Oliver que no la
conocía porque no trabaja en el cine, es una bailarina
muy buena, Sofía Bozán que es regia, la Alicia Barrié
y esa morocha tan bonita que siempre hace de mala,
Victoria Cuenca. ¡Qué raro me parecía verlas en persona! Pero me arrepentí tanto de haber ido, porque
es todo de chistes verdes que no sabía dónde ponerme.
Para colmo por ahí hacían bromas de recién casados,
sudé como una negra. Después el miércoles vimos en
el teatro Nacional la compañía de Muiño Alippi en
La estancia de papá, muy buena, con fiesta campera al
final, en el programa decía ochenta personas en escena,
me parece que sí. Anoche a mi marido le habían hablado tanto de los títeres de Podrecca que fuimos, pero
estaban en un teatro de barrio, el Fénix, del barrio
de Flores, que queda en el camino que va a Vallejos.
No te cuento, Mabel, la tristeza que me daba de pensar que dentro de unos días vamos a tomar ese camino... hasta el final. Qué ingrata dirás vos, toda la vida
viviendo en Vallejos y ahora no querés volver. Pero
Mabel ¿qué me dio Vallejos? nada más que desilu-
siones. De los títeres te guardé el programa, algo divino, te voy a contar todo cuando vuelva. Y esta noche

si te digo no me lo creés ¿sabés quién debuta en el teatro Smart en una obra que se llama *Mujeres?* La Mecha Ortiz, ni más ni menos. En seguida me acordé de vos, que es la única artista argentina que tragás. Si conseguimos entradas vamos esta noche misma, acá en el hotel llamaron por teléfono y no les quieren reservar, pero si me la pierdo me muero. Dice el empleado de la portería que van a ir artistas de cine, que es un estreno importante.

Bueno, Mabel, ojalá la pudiéramos ir a ver juntas, yo te deseo que estés bien y que tu papá no esté demasiado preocupado por lo que le pasa, los negocios son los negocios, dice Massa. Él dice que por eso a la noche hay que divertirse, y olvidarse de todo, claro que si por él fuera se quedaría a cenar en el hotel y después en seguida a dormir, pero ya me estoy dando maña para aprovechar la noche viendo tantas cosas que hay en este Buenos Aaires de locura. Mañana Massa quiere ver a Camila Quiroga en *Con las alas rotas,* a él le gustan mucho los dramas fuertes. A mí no tanto, para eso basta con la vida ¿verdad?

Como ves he cumplido, te doy un beso fuerte, y hasta muy prontito.

Nené

Consulta el reloj pulsera —que le fuera regalado por sus padres el día del compromiso matrimonial— y comprueba que faltan varias horas hasta que regrese su marido. Con agrado piensa en todas las cosas que podrá hacer, en total libertad, sin que nadie la espíe, en una ciu-

dad como Buenos Aires. Busca el diario
para ver la dirección del teatro Smart.
En los titulares de la primera página se
detiene sin proponérselo, «ITALIA Y GRAN
BRETAÑA NO PUEDEN AÚN PONERSE DE
ACUERDO PARA EL RETIRO DE VOLUNTARIOS
DE ESPAÑA — En Londres se considera
insuficiente la partida de 10.000 comba-
tientes dispuesta por Mussolini. Londres
(Reuter). Durante la tarde de ayer...»
Piensa que su padre seguramente leerá
esa noticia, cuando el diario llegue a
Vallejos, al día siguiente. Él está enfermo y lee todas las noticias de España.
Tal vez la alegría de saberla bien casada
lo ayudará a soportar la enfermedad. Se
oyen ruidos en la cerradura, piensa con
agrado que será la mucama —de tan
amable compañía— a cambiarle toallas
como acostumbra a esa hora, la única
mujer con quien puede conversar en
Buenos Aires, siempre rodeada de hombres. Pero en cambio ve aparecer a su
marido, sonriente y desanudándose la
corbata. Lo mira y al comprobar que él
se dispone a desvestirse para dormir una
posible siesta, ella sin perder tiempo le
pide dos aspirinas para calmar un fuerte
dolor de cabeza. Él saca del bolsillo la
billetera, donde siempre tiene la precau-
ción de guardar un sobre con aspirinas.

DÉCIMA ENTREGA

Sus ojos azules muy grandes se abrieron
mi pena inaudita pronto comprendieron
y con una mueca de mujer vencida
me dijo "es la vida" y no la vi más.

ALFREDO LE PERA

—Holá...

—¡Es la Raba!

—¿Hola? ¿Quién habla?

—¡Es la Raba! ¿La señora Nené no está por ahí?

—Sí, ¿pero quién habla?

—¡Es la Raba! La Rabadilla. ¿Habla la Nené?

—Soy yo, ¿cómo estás, Raba? Son las diez y media de la noche, me asustaste.

—He venido a Buenos Aires a trabajar, ¿te acordás de mí?

—Cómo no me voy a acordar ¿estás con tu nene?

—No, se lo dejé a mi tía en Vallejos, porque ella ya no trabaja más de sirvienta, lava ropa para afuera como hacía yo y está todo el día en la casa de ella, y me lo tiene al nene.

—¿Qué tiempo tiene ya tu nenito?

—Hace poco tiempo, una semana que no lo veo, pero no me voy a poder estar sin ver al negrito, señora Nené.

—No, yo te pregunto qué tiempo tiene, si ya cumplió un año.

153

—Ah, sí, cuando se cumpla un año que estoy acá yo voy a verlo...

—No me entendés ¿de dónde hablás?

—Estoy con el teléfono del bar de la esquina, y andan todos gritoneando.

—Tapate una oreja con la mano, así vas a oír mejor, hacé la prueba.

—Sí, yo le hago caso, señora Nené.

—Raba, no me digas señora, sonsa.

—Pero usted ahora está casada.

—Escuchame, ¿qué tiempo tiene ya tu nene?

—Anda para un año y tres meses.

—¿Cómo era que se llamaba?

—Panchito, ¿le parece que hice mal de ponerle el nombre? usted sabe por qué...

—Qué sé yo, Raba... ¿Y a él no lo volviste a ver?

—Se está haciendo la casa ahí mismo donde tiene el rancho, que se la hace él mismo, vos sabés Nené que el Pancho es muy trabajador, él lo que quiere antes de casarse o cualquier cosa es hacerse la casa, todo cinchando como los burros porque después que termina de suboficial se va al rancho a hacerse la casa.

—¿Y cuando la tenga terminada él te prometió algo?

—No, nada, él no me quiere dirigir más la palabra porque dice que yo anduve contando por ahí que él era el padre de la criatura. Porque yo le había jurado que no lo iba a decir a nadie hasta que él se quedara fijo en la Policía.

—¿Y es cierto que vos anduviste contando?

—Ni yo ni mi tía contamos nada. ¿Y usted no espera familia?

—Parece que algo hay... pero contame de Vallejos ¿no la viste a mi mamá?

—Sí, la vi por la calle, iba con su papá, que sigue flaco, ¿qué tiene que anda caminando tan despacio?

—Está muy enfermo, Raba, parece que se nos va a ir. Tiene cáncer, pobrecito mi papá. ¿Estaba muy flaco, Raba?

—Sí, pobre señor, la piel y los huesos.

—¿Adónde iban, no sabés?

—Irían al doctor. ...Y tu mamá me dio el teléfono tuyo.

—Ah, fue ella.

—Y me pidió que a ver si usted le contestaba si le iba a mandar la plata o no. Me dijo tu mamá que te compraste el juego de living y por eso no le querés mandar la plata.

—¿Y a Celina no la viste? ¿con quién anda?

—No sé si anda con alguno, dicen que a la noche ella siempre sale a la puerta de la casa, y siempre alguno pasa y se queda conversando con ella.

—¿Pero se sabe algo seguro?

—Todos dicen que es fácil la Celina, pero nadie le ha hecho un hijo. Si le hacen un hijo después la gente no la va a saludar como me hicieron a mí.

—¿Y a Juan Carlos no lo viste?

—Sí, anda siempre vagueando por ahí. No trabaja en nada. Y dicen que ahora anda de nuevo con la viuda Di Carlo. ¿Vos no sabías?

—¿Quién te lo dijo?

—Y... lo andan diciendo todos. ¿No puedo ir a tu casa un día de visita?

—Raba, sí, tenés que venir un día a visitarme, pero no vengas sin llamarme antes.

—Sí, te voy a llamar, si es que no me van a echar porque me pasó eso.

—¿Qué decís?

—Sí, que no me casé y ya tengo un hijo.

—No seas sonsa, Raba, me enojo si decís esas cosas. Lo que sí cuando vengas te voy a decir unas cuantas sobre ese sinvergüenza.

—¿Quién, Juan Carlos? ¿o el doctor Aschero?

—No, el sinvergüenza que te encajó un hijo.

—¿Usted cree que lo hizo de malo? ¿no será que él tiene miedo de que lo echen de la Policía si se casa con una como yo?

—Ya te voy a abrir los ojos, Raba. Vos llamame la semana que viene y vamos a charlar. Hasta uno de estos días Raba, llamame.

—Sí, señora, yo la llamo.

—Chau, Raba.

—Muchas gracias, señora.

Sentada en la cama, Nené queda un momento en silencio esperando oír pasos de su esposo, detrás de la puerta cerrada. El silencio es casi total, el tranvía de la calle corre por sus rieles. Abre la puerta y lo llama. No hay respuesta. Va hasta la cocina y allí lo encuentra leyendo el diario. Le reprocha que no le haya contestado. Él a su vez se queja de que lo moleste siempre que lee el diario.

★

—Hola...

—Es la Raba.

—Sí, qué decís.

—¿Quién habla? ¿la Nené?

—Sí ¿cómo andás? ¿de dónde hablás?

—Del mismo teléfono del bar ¿y su marido?

—Bien. El otro día hablamos de tantas cosas y ni me dijiste dónde es que estás trabajando.

—En una fábrica, Nené. No me gusta, yo quiero volverme a Vallejos.

—¿Dónde vivís?

—En una pieza, con una amiga de mi tía que fue la que me trajo para acá. Ella ya del año pasado que trabaja en la fábrica de jabón. ¿Usted no quiere ser patrona mía?

—¿Acá en mi casa querés decir? No, cuando tenga un chico sí voy a necesitar ayuda, pero ahora no. Mi marido ni siquiera viene a almorzar los días de trabajo.

—¿Quiere que la vaya a visitar?

—Hoy no, Raba, porque tengo que salir. Pero un día quiero que vengas, así ves la casa. Lástima que mamá no me puede ver la casa, con el juego nuevo de comedor y el living, pocos tienen en Vallejos una casa como la mía, mamá no se la imagina.

—La Teresa hoy domingo se fue por ahí con otra vieja como ella que no me quiere, me invitaron pero la otra siempre se ríe de que no sé cruzar la calle, para eso mejor me quedo sola.

—Mi marido se fue a la cancha a ver el partido,

pero después yo voy a ver si me lleva a alguna parte si no te decía que vinieras.

—¿Y un ratito ahora? ¿A qué hora viene él?

—Y no, Raba, porque si después te ve acá, va a pensar que ya me entretuve el domingo con algo y no va a querer salir.

—¿Adónde te va a llevar?

—Al cine o al teatro, y lo principal es que no tenga que hacer cena, me aburro de cocinar todas las noches y a dormir en seguida.

—¿Adónde queda la casa de usted? ¿queda lejos de donde yo estoy? Si usted quiere venir acá es la pieza que tiene delante una maceta grande de espina de Cristo, hay unas plantas de grandes en el patio... y hacemos un mate. Y le corto un gajo de la Espina de Cristo.

—No, Raba, te agradezco pero mi marido no quiere que salga sola.

—Y te cuento todo de la niña Mabel...

—¿Qué hizo?

—Nada, que antes de venirme ya se apareció el novio a visitarla, se fue desde Buenos Aires para verla. Es petiso, alto igual que la niña Mabel, tiene que andar de taco bajo ella ahora.

—¿Se comprometieron?

—No, si no ya lo hubiese andado diciendo, porque después del lío de Don Sáenz ya no tienen mucho para darse corte por ahí. ¿Y querés que te cuente algo del doctor Aschero?

—¡Raba! ya ni me acuerdo de ese sinvergüenza.

—¿Y tu marido no te dijo nada?

—¿De qué?

—Y... de nada.

—Contame más de Mabel, ¿qué es el novio?

—Cuando la niña Mabel estaba acá en Buenos Aires la señora me contaba que había conocido a un muchacho que la pretendía pero que a la niña Mabel no le gustaba, que no tenía carácter.

—¿No te acordás si era maestro el muchacho?

—Sí, me parece que sí que la Mabel decía que tenía un trabajo de mujer... Y yo mientras le pude seguir dando la teta al nene me quedé en Vallejos, mi tía por más que me dijera yo no me iba a venir. ¿Estará bien abrigadito ahora que empieza el frío?

—Claro, cómo no va a estar...

—Nené, yo lo quiero ver al Panchito. ¿Cuándo lo viste vos?

—Cuando tenía un mes.

—Y no viniste más al rancho, ni vos ni la niña Mabel vinieron más, yo te esperaba siempre y vos nunca más viniste. ¿Y tu marido adónde te va a llevar?

—No sé, Raba. Además ni siquiera estoy segura que vamos a salir, vos llamame pronto, Raba, otro día ¿eh?

—¿Y le mandaste la plata a tu mamá o no? Porque yo no te dije nada pero tu mamá me contó todo.

—¿De qué?

—Que vos primero le dijiste que le ibas a mandar plata para hacerle el tratamiento a tu papá en el sanatorio pago, y ahora tienen que ir al hospital.

—Pero mi mamá me dijo que lo mismo lo habían atendido bien en el hospital, y yo por más que quiera no puedo porque me metí en los gastos del living. Y lo mismo después por capricho de ella lo pasó de nuevo al sanatorio, eso vos no lo sabés, y qué tanto, que saque la plata de la libreta ¿acaso los ahorros no son para eso?, para un caso de necesidad.

—Ella me dijo que vos eras mala con tu papá, y que no te iba a escribir más. ¿Te escribió?

—Sí que me escribió.

—¿Y cuándo te voy a ver?

—Llamame pronto. Chau, Raba.

—Chau.

Pese al dolor de cabeza y al creciente malhumor se dispone a hacer la cama, por segunda vez en el día, como todos los domingos. Su marido deshace la cama después del almuerzo, todos los domingos y feriados, para acostarse antes de ir al partido de fútbol, hecho que provoca discusiones no sólo relacionadas con el trastorno de rehacer la cama. Nené reflexiona y trata de conformarse pensando que afortunadamente sólo domingos y feriados él viene a almorzar.

★

—Hola...

—¡Es la Raba! ¿sos vos?

—Sí ¿cómo estás? ...ay Raba, cuánto te agradezco lo que me trajiste, sentí tanto no haber estado esa tarde, de casualidad había salido, mirá que salgo poco. Pero yo te lo había dicho que me llamaras antes de venir.

—Yo para darte una sorpresa. ¿Te gustó el gajo?

—Sí, cuando entré en seguida lo vi. Después la portera me contó que te había abierto la puerta ella.

—Ella no me quería abrir la puerta, no quería por nada, pero yo le dije que era un gajo delicado, y si no lo sabés plantar se seca seguro. ¿Te gusta donde lo puse?

—Sí, y me parece que prendió bien.

—Yo me voy para Vallejos. Me voy mañana.

—¿Por qué? ¿qué pasó? ¡no le vayas a decir a mamá que me viste la casa!

—Ya junté para el pasaje y hoy fue el último día que trabajé en la fábrica.

—¿Y por allá qué vas a hacer? ¿de nuevo a lavar?

—No, que la niña Mabel habló con mi tía que si yo quería volver me tomaba de nuevo, que ahora no pueden tener mucama y cocinera, yo y la madre vamos a hacer todo. Y me dan permiso para ir a ver al Panchito todas las tardes.

—¿Y acá no te habías conseguido ningún novio?

—No, me da miedo meterme con hombres que no conozco.

—¿A mamá le vas a contar que viniste a mi casa?

—Si vos no querés no le cuento nada.

—¿A qué hora sale el tren mañana? Porque si querés te llevo alguna ropa mía usada.

—A las diez de la mañana sale. Pero mejor si tenés algo nuevo para el Panchito. Que necesita más que yo.

—Y, mucho tiempo no voy a tener, si encuentro algo se lo compro. Pero mañana sin falta te veo en la estación. A las nueve y media ya voy a estar ahí. Vos andá temprano así te encontrás un asiento bueno.

—No dejés de venir, y si tenés algo viejo para mí no te olvidés tampoco.

—Raba, prométeme que a Mabel tampoco le vas a contar que me viste la casa.

—Te prometo, ¿y no tendrás una pañoleta para el Panchito que ahora hace frío?

—Voy a ver. Chau, Raba, tengo que hacer.

—Bueno, hasta mañana.

—Chau, y llegá temprano.

—Chau.

Vuelve a arrepentirse de haber pedido teléfono blanco, siempre marcado por huellas de dedos sucios. Además necesita una silla en ese cuarto para no sentarse obligadamente en la cama cada vez que atiende el teléfono. Decide lustrar los herrajes del juego de dormitorio ese mismo día. Yendo hacia la cocina atraviesa un cuarto destinado a comedor donde sólo hay una caja de cartón conteniendo un velador con pantalla de tul blanco. En el pequeño vestíbulo de entrada, destinado a living, tampoco hay muebles: mira el espacio vacío preguntándose si jamás reunirá el dinero para comprar todo al contado, pues ha resuelto evitar el pago adicional de intereses implícito en una compra a plazos.

—Ya que está ahí ¿no me cortaría unos higos? *cáscara aterciopelada verde, adentro la pulpa de granitos rojos dulces los reviento con los dientes*

—Buenos tardes, no la había visto. *el pie las uñas pintadas asoman de la chancleta, piernas flacas, ancas grandes*

—Buenas tardes.

—Perdone que ande por este tapial, que si no ponemos una antena no oímos la radio, y los presos se me van a andar quejando. *los presos no ven nunca a una mujer*

—Y usted también querrá escuchar, no diga que no... *negro barato, le brillan el cuello y las orejas, se lava para blanquearse*

—Para qué voy a decir que no... ¿Le saco los más maduros, no más, o medio verdes también? *mi uniforme de gabardina y botas que brillan*

—No, maduritos no más, otro día yo vengo con un palo y volteo los que se hayan puesto más morados. *me los como, uno por uno, y me tiro en el jardín, no me importa que me piquen los bicharracos del pasto*

—Llámeme a mí, pongo la escalera del otro lado y ya estoy subido al tapial. *me trepo, salto, subo, bajo, la toco*

—¿Y si tiene que hacer algo? ¿o lo único que hace es escuchar la radio? *una sirvienta tuvo un hijo natural*

—Eso no tengo yo la culpa, que no haya ningún robo por ahí. *un balazo, para hacerme saltar la tapa de los sesos*

—Entonces voy a ir yo a denunciar que me roban los pollos. *plumas largas blancas, plumas negras y*

amarillas y marrones arqueadas brillan las plumas de
la cola, otras llenan el colchón, blandito, se hunde

—No le van a creer.

—¿Por qué?

—Porque está pared por medio con la Comisaría,
bien vigiladito el gallinero. *una gallina blanca para*
el gallo, no hay un gallo en el corral, a la noche al
gallinero se le va a meter un zorro

—Menos mal, verdad... Lástima que no me pueda
meter presas a las hormigas, mire cómo me arruinan
los rosales... *Suavidad de terciopelo, pétalos frescos*
rosados, se abren, un hombre los acaricia, huele el
perfume, corta la rosa

—¿Qué le anda echando?

—Veneno para las hormigas. *negras, chiquitas, ma-*
las, negro grandote, con los brazos de albañil ¿la habrá
forzado a la Raba? ¿De Juan Carlos no sabe nada,
usted que era amigo de él?

—Sí, me escribió una carta... *Juan Carlos pregunta*
por una guacha

—Pero también nunca se quiso cuidar, y usted que
le hacía buena compañía, si no me equivoco... *¿cuál de*
los dos más hombre? ¿cuál de los dos más forzudo?

—Juan Carlos era mi mejor amigo, y siempre va
a ser igual para mí. *el albañil tiene casa de material*
¿y hembra maestra de escuela?

—¿Dónde está? *¿en aquel sanatorio tan lujoso de*
antes? *los ojos castaño claros los entornaba al besarme*

—No, creo que en una pensión, y va al médico
aparte.

—Ese otro sanatorio era carísimo.

—Sí, parece que sí... ¿Arranco éstos que están acá?

—Ésos... sí, ya están bien maduritos para comer, y sírvase usted también. *los dientes marrón y amarillo*

—Son difíciles de pelar. *te pelo, cáscara verde, pulpa dulce colorada*

—Me da miedo que se caiga.

—No me voy a caer, se los alcanzo de a uno, abaraje... Ahí va... muy bien... ¿se reventó? *las gallinas se espantan, cacarean, aletean contra el tejido de alambre y se machucan las alas, los zorros se escapan por cualquier agujero del tapial*

—Espere que me coma uno. ...Cuénteme de dónde se hizo amigo de Juan Carlos. *un criollo negro, él era blanco, los brazos no tan morrudos, la espalda no tan ancha*

—Un día cuando éramos pibes lo desafié a pelear. *las zorras tienen la cueva que nunca se sabe dónde, la cueva de la zorra*

—¿Y hace mucho que está en la policía, usted?

—Entre que fui a la escuela en La Plata y que llegué acá como un año y medio.

—Y a las chicas les debe gustar el uniforme ¿no? *la Raba vuelve de Buenos Aires ¿el negro salta el tapial para forzarla otra vez?*

—No, es macana eso. ¿A usted quién se lo dijo? *las blancas sí, que las criollas son negras y peludas*

—Yo sé que algunas chicas tienen debilidad por los uniformes. Cuando yo estaba pupila en Buenos Aires mis compañeras se enamoraban siempre de los cadetes. *un cadete, no un negro suboficial cualquiera*

—¿Y usted no? *sí, sí, sí, sí*

—*sí, yo también.* No, yo me portaba bien, yo era una santa. Y no se preocupe porque yo tengo novio, y en serio. *buen muchacho, un pigmeo comparado con un negro grandote*

—¿Cuál? ¿aquel que vino en el verano de la capital? *a un petiso lo dejo sentado de una piña*

—Sí, qué otro quiere que sea...

—Uno medio petiso el hombre... *zorra ¿dónde tenés el escondite?*

—Me tiene que gustar a mí y no a usted.

—¿Quiere que le corte más higos?

—Bueno, esos que están más arriba. *no te vayas todavía...*

—*¿y la madre? ¿dónde está?* Pero no alcanzo. Tendría que bajar a su patio y subirme por el árbol ¿quiere?

—No, porque si lo ve mi mamá me va a retar, pero si quiere alguna otra vez que esté en la Comisaría, que no tenga nada que hacer, puede bajarse y trepar por el árbol, cuando lo vea mi mamá mejor que no. *mi mamá no dice nada, nada, nada, y la Raba llega dentro de pocos días*

—Pero su mamá está siempre ¿o no? *a la zorra la agarro de la cola*

—Sí, mi mamá está siempre, no sale casi.

—Entonces... ¿cuándo voy a poder bajar? *de noche, de noche...*

—*de noche, de noche...* No sé, mi mamá está siempre.

—¿Ella no duerme la siesta?

—No, no duerme la siesta.

—Pero a la noche debe dormir... *cuando salto el tapial no hago ruido, las gallinas no se van a despertar*

—Sí, pero de noche no se ve bien para trepar al

árbol. *un tipo forzudo se trepa como quiere a una higuera*

—Sí que puedo ver...

—Pero no puede ver qué higo está maduro, y qué higo está verde. *vení, vení*

—Sí, porque los toco y están más blandos los maduritos y largan una gotita de miel, me parece que me los voy a comer todos yo solo, si me vengo esta noche. ¿A qué hora se duerme su mamá? *ya la agarré y no la suelto*

—A eso de las doce ya seguro que está dormida... *¿la habrá forzado a la Raba? ¿tendrá tanta fuerza para eso? la Raba llega y me encuentra con un negro orillero*

—Entonces a esa hora esta noche vengo sin falta. *la novia del petiso*

—¿Y la antena ya la colocó? *me muero por darle un beso a un hombre de verdad, como tu amigo*

—Para eso hay tiempo, primero me voy a comer un higo. *voy caminando por la calle delante de la gente, con una maestra de escuela*

UNDÉCIMA ENTREGA

Se fue en silencio, sin un reproche,
había en su alma tanta ansiedad...

ALFREDO LE PERA

Junio de 1939

Los pañuelos blancos, todos los calzoncillos y las camisetas, las camisas blancas, de este lado. Esta camisa blanca no, porque es de seda, pero todas las otras de este lado, una enjabonada y a la palangana, un solo chorro de lavandina. Las sábanas blancas, no tengo ninguna, la enagua blanca, cuidado que es de seda: se hace pedazos si la meto en lavandina. Una camisa celeste, los pañuelos de color, las servilletas a cuadritos, en este fuentón, y primero de todo los calzoncillos y las camisetas porque no son de color, los pañuelos balncos y este corpiño ¿cómo me voy a aguantar hoy sin verlo a mi nene? que es por el bien de él, guacha fría que está el agua. Una enjabonada en la batea, mi tía lavando afuera en el rancho con el agua de la bomba y se muere de frío pero en este lavadero de la niña Mabel cerrando la puerta no entra el ventarrón ¡si mañana lo encuentro dormido yo me lo despierto al Panchito de mamá!... mañana a la tarde hago los mandados ¿y después el tren toda la noche de Buenos Aires hasta Vallejos? ¡qué lejos estaba Buenos Aires del hijito mío! mañana hago los mandados y las quince cuadras llego caminando, lo hago jugar con la pelota y al volver le lavo los platos de la cena a la señora, al señor y a la niña Mabel: el Panchito es igualito al padre, detrás del tapial está en uniforme el Francisco Catalino Páez ¿qué hace? le da un rebencazo a un preso y todos se agachan del miedo, hasta que termina de trabajar, se pone el capote y al doblar la esquina la sorpresa que le espera. Con este broche una punta de la enagua la tiendo con la otra punta, otro broche con la camisa blanca de seda que no me toque las servilletas a cuadritos y mañana ya están secas ¿hará frío en la esquina con el vestido nuevo? pero la ropa tendida adentro del lavadero no se va a poner negra de tierra. ¿Cuál es tu nombre? le van a preguntar al Panchito, "yo me llamo Francisco Ramírez, y voy a estudiar de suboficial" cuando el padre sea viejo le va a dejar el trabajo de suboficial al hijo. Pero un día por la calle yo voy con el Panchito que ya camina solo ¿para siempre esas patas chuecas? yo lo llevo de la mano pero todos los piojitos son chuecos y después crecen y tienen las patas derechas, al padre lo encuentro de casualidad y si va por la vereda de enfrente yo me cruzo y se lo muestro ¡claro que le va a gustar! que es igualito a él y así nos casamos un día cualquiera, sin fiesta ¿para qué gastar tanto? así el Pancho ve que ya volví de Buenos Aires y a la mañana después de la misa de seis no va nadie a la iglesia, por la puerta chiquita del fondo entra el Pancho, yo, la madrina y el padrino, al señor y a la señora les pido que sean padrinos, la niña Mabel a la mañana trabaja en la escuela, "...y el gaucho extrañado le dijo no llores mi pingo, que la patroncita ya no volverá..."

es un tango triste, porque cuando se muere la china
el gaucho se queda solo con el caballo y no se puede
acostumbrar "...tal vez por buena y por pura Dios
del mundo la llevó..." y no dice que le haya quedado
un hijo, al Pancho le quedaría el Panchito si yo me
muero ¿en qué rancho? ¿en el de él o el de mi tía?
estamos en la pieza solos y con este broche cuelgo la
camisa celeste de una manga y los pañuelos de color
ya están colgados así me falta nada más que la otra
camisa blanca de seda que si me muero al quedarse
solo con el Panchito tan triste no se va a quedar,
por lo menos le dejé un hijo bien sano y bien lindo
"...entró al rancho en silencio y dos velas encendió,
al pie de la virgencita que sus ruegos escuchó, decile
que no me olvide, virgencita del perdón, decile que
su gaucho se quedó sin corazón, tal vez por buena
y por pura Dios del mundo la llevó..." y lo veo que
llora y reza por mí ¡yo le perdono todo! ¿no es cierto
virgencita que lo tengo que perdonar? y la ropa en
lavandina cuando vuelvo de la calle la saco y con la
última enjuagada ya está: aunque si me muero él se
puede casar con otra, pero por lo menos él ya habrá
cumplido conmigo de casarse, y si me muero no es
la culpa de él, es la voluntad de Dios, qué triste el
paisano no le queda más que el pingo, "...y dos velas
encendió, al pie de la virgencita que sus ruegos escuchó..." por la Nené yo un día voy a rezar que sea
feliz y tenga muchos hijos que me fue a despedir al
tren con el corte de género, de sedita linda para el
verano, en la esquina con el escote cuadrado como
la niña Mabel ¿llorará el Panchito que hoy no voy
a verlo? es por tu bien, negrito de mamá, mirala a

mamá en este espejo ¿te gusta cómo le queda el vestido nuevo? que "...en un taller feliz yo trabajaba,
nunca sentí deseos de bailar..." las de Buenos Aires
en un taller ganan más y lo mismo se van a embromar, que se rían de mí "...hasta que un joven que
a mí me enamoraba llevóme un día con él para tan-
guear..." sería morocho, cuando me aprieta tanto el
Pancho es para no soltarme más... ¿por qué la habrá
dejado el novio a esa chica del taller? esta peineta en
el pelo así no me despeina el viento en la esquina con
ese frío me pongo el tapado viejo? "...fue mi obsesión
el tango de aquel día en que mi alma con ansias se
rindió, pues al bailar sentí en el corazón que una
dulce ilusión, nació..." cada paso, una cortada, él ade-
lanta la pierna y empuja la pierna mía, no sé bailar
bien el tango, siempre yendo para atrás, él iba para
adelante y a mí me tocaba ir para atrás, las piernas
de él me empujaban a mis piernas para atrás, y cuando
se quedaba un poquito quieto esperando arrancar de
nuevo al compás qué suerte no me soltaba porque
de golpe él paraba de bailar y yo me podía caer, pero
me tenía agarrada ¡el novio la dejó a la del taller
porque no tenía vestido nuevo! "...era tan dulce la
armonía, de aquella extraña melodía, y llena de gozo
yo sentía mi corazón soñar... mi corazón sangrar..."
el corazón sangrándole, se podía morir la del taller
y dejar al hijo solo, ¿llora todas las noches como yo?
pero no se muere y deja al nene solo, llorar no mata
a ninguna "cómo esa música domina, con su cadencia
que fascina, adónde irá mi pobre vida, rodando sin
cesar..." del taller la van a echar, y se va a ir de sirvienta, "...la culpa fue de aquel maldito tango, que

171

mi galán enseñóme a bailar, y que después hundiéndome en el fango, me dio a entender que me iba a abandonar..." las mangas deshilachadas y la solapa, si me pongo el tapado no se ve que el vestido es nuevo "...y adónde irá mi pobre vida, rodando sin cesar..." ¡que se embrome por vaga! qué saben las de las fábricas de Buenos Aires lo que es trabajar, porque son de Buenos Aires se creen que son más que las sirvientas ¡nunca me voy a ir de la casa de la niña Mabel! que me da permiso todas las tardes para ver a mi nene y cuando vuelva de la calle la ropa del balde está blanqueada ¿saldrán bien las manchas de café? y si no salen las refriego de nuevo con jabón que por suerte me acordé de esta peineta ¡viento inmundo asqueroso! y a las siete Pancho da vuelta a la esquina como todos los días y se pone contento de verme después de tanto tiempo, no digas que fui mala que no te vine a esperar antes, es que quería estrenar vestido ¡ya hace dos semanas que volví de Buenos Aires! ¿alguien te lo dijo o no sabías nada? el corte me lo regaló la Nené ¿te acordás de ella? y el Pancho me pide que le muestre al nene y le digo que no puedo ir hasta lo de mi tía porque no terminé de enjuagar la ropa blanca pero que él si quiere puede ir que allá está mi tía con el Panchito ¿le gusta el nombre? le gusta mucho que le puse el nombre de él y en esta esquina Dios quiera que no me venga una pulmonía ¿y si lo hubiese traído al Panchito? lo envolvía en la pañoleta que me dio la Nené Fernández y no hubiese tomado frío y así el padre ya lo veía y nos íbamos a la iglesia porque yo le digo que no está bautizado, entonces el Pancho se

cree la mentira y vamos a la iglesia a bautizarlo, y
ahí él ya se decide y nos casamos. El uniforme, las
botas y la gorra, pero es gordo ¡el comisario! ¿ya
serán las siete? ¿vendrá a meterme presa? que tuve
un hijo sin casarme, y al corte de género me lo re-
galaron ¿se creerá que lo robé? ¡el comisario se mete
en la confitería! y si un día me arresta yo le cuento en
todas las casas que trabajé y que hable con mi patrona y la niña Mabel, ¿por qué tarda tanto en salir
el Pancho? "...desde el día que de paseo vi en un
banco a una cieguita, y a su lado a una viejita que
era su guía y su amor..." ¿se me pasa la enagua? ¡la
niña Mabel no me dijo que el vestido está chingado!
"...y observé que la chiquita de ojos grandes y vacíos,
escuchaba el griterío de otras nenas al saltar..." jugaba la Celina, la Mabel, la Nené, siguieron hasta
sexto grado, en el recreo saltando a la cuerda "...y le
oí que amargamente en un son que era de queja
preguntábale a la vieja ¿por qué yo no he de jugar..." los pelos en las piernas tiene mi tía y los bigotes, si se afeita le salen cada vez más, y las manos
negras, y varices verdes, pero hay una sirvienta, la
del Intendente Municipal, que es blanca, pero el
Pancho es también negro como todos los que viven
en los ranchos "...ay cieguita, dije yo con gran pesar,
ven conmigo, pobrecita, le di un beso y la cieguita
tuvo ya con quien jugar..." ¿y el padre de la cieguita? un día pasa por la plaza y le hace un desprecio,
entonces la viejita no tiene fuerza porque es muy
vieja para clavarle un cuchillo a ese hombre tan
malo, pero la mujer buena vino a ayudarla a la vieja
"...y así fue que diariamente al llegar con la viejita

me buscaba la cieguita con tantísimo interés... qué
feliz era la pobre cuando junto a mí llegaba y con sus
mimos lograba que jugásemos los tres..." y ni bien
nos casemos el nene que está en una cuna blanquita
y el padre llega cansado a la cama, estuvo de suboficial, y después hizo un pozo, para empezar la pared,
del baño de la casita, se lava con el agua fría de la
bomba, que después ya tendrá la ducha, y el Pancho
se tira a la cama cansado pero bien limpio, y el Panchito en la cuna se para solito y mira, agarrado a la
baranda, ¡qué me importa que el rancho esté sin cocina! primero que el Pancho se dé el gusto de levantar el baño de material, cuando pueda hará la cocina
y yo me lavo al aire libre los platos, las cacerolas, tiro
si quedan sobras todo para las gallinas, y cuando entro
a la pieza qué cansada, y están los dos jugando,
"...pero un día bien me acuerdo no fue más que la
viejita, que me dijo la cieguita está a punto de expi-
rar, fui corriendo hasta su cuna, y al morirse me
decía ¿con quién vas ahora a jugar?..." y esa mujer
tan buena que la hace jugar a la cieguita un día lo
ve pasar al padre de la cieguita y le pregunta por
qué no la quiere ¿y el hombre es bueno o malo?
"...¡ay cieguita! yo no te podré olvidar, pues me
acuerdo de mi hijita que también era cieguita... y no
podía jugar..." negrito no te enfermés... comele toda
la papa que te da la tía vieja, negrito comé la papa
así no te me enfermás ahora que hace tanto frío...
que me quede ciega yo, antes de que mi nene, voy y
me echo en los ojos lavandina pura, quedo ciega y al
Pancho le da lástima y se casa conmigo, mi tía hace
la comida "...y eran mis pupilas como dos espejos,

donde se miraba la felicidad..." arde la lavandina
cuando salpica los ojos "...castigó la noche, se quedaron ciegos y quedó en las sombras quebrado el cristal..." ¿se hacen pedazos las ventanas? la carne de
gallina por venirme sin tapado "...me cubrió los ojos
un borrón de niebla, me perdí en las sombras oyendo
tu voz... y en la soledad de mis tinieblas hoy sólo te
puedo llorar..." ¿y los ciegos lloran? ¿les salen lágrimas a los que les falta el ojo? ¿y a los que tienen
un ojo de vidrio? "...como cien estrellas que jamás se
apagan, brillan tus recuerdos en mi corazón..." no te
voy a dejar, Raba, yo te prometo que nunca te voy a
dejar, soy albañil y soy bueno "...ellas me regalan la
ilusión del alba..." te quiero, Raba, te quiero para
siempre "...en la noche triste de mi ceguedad..." él
se aprovecha que soy ciega y trae a otra más blanca,
la sirvienta del Intendente Municipal, y me dice que
es una vieja "...eran mis pupilas como dos espejos
donde se miraba la felicidad... castigó la noche, se
quedaron ciegos y quedó en las sombras quebrado el
cristal..." saltan los vidrios rotos, una astilla en punta,
y a la chica del taller le sale sangre: un pedazo grande
de vidrio le tajeó como un cuchillo la carne, pasó
entre las costillas ¡y le partió en dos el corazón! y de
un cuchillazo le corté el ala a un pollo pelado, la cabeza, las patas, le saqué el hígado y el corazón, es chiquito el corazón del pollo, y a una gallina la pelé, le
di un cuchillazo y adentro estaba llena de huevitos,
hervidos con aceite y sal le gustan a la madre de la
niña Mabel ¿el corazón de una gallina es más grande
que el corazón de un pollo? y no importa que no me
pidas perdón, yo sé que vos podés pretender más, una

chica que no sea sirvienta ¿y si cuando pasa no me mira? ¿y si se enoja y me escupe? las botas y la gorra ...¡ahí viene! ¡con el capote nuevo! ¡y mi vestido está chingado! Pancho, mírame lo de arriba nada más, el escote cuadrado y las mangas cortas, no me mires el ruedo que está chingado y se me pasa la enagua ¿por qué se cruza a la otra vereda? ¿no me vio? sí que me vio, ¡Pancho! ¡se metió en la confitería! ¿es amigo del comisario? ¡el hijo nuestro se va a quedar cieguito! y yo agarro la lavandina y me la tiro encima y me quemo toda, por mala que no lo cuidé a mi nene, sin padre y cieguito, un día se cayó de la cuna que no sabe dónde poner las patitas chuecas y se partió la frente, se le abrió en dos la cabecita y se me murió, ¡el castigo va a ser ese! que el padre se va a arrepentir demasiado tarde, queda solo y vuelve al rancho, que si hay una vela encendida le reza a la virgen, se le murió la mujer, y se le murió el hijo ¿ya estará blanqueada la ropa para sacarla del balde? no, le debe faltar un rato ¿me lo voy a ver al nene? ¡y después vuelvo corriendo las quince cuadras a sacar la ropa de la lavandina! y hoy no vamos a tener tiempo de jugar a nada porque me atrasé, piojito, pero mañana a la tarde mamá te va a abrigar con la pañoleta nueva y te va a llevar hasta la plaza, que veas pasar los autos, que a vos te gusta mirarlos, un día te voy a traer que veas los canarios de la jaula de la Mabel, y otro día, cuando cobre, te compro los zapatitos ¿cierra a las siete y media la zapatería? y tu papá no me saludó porque estaba apurado ¿se iba a la zapatería para darnos una sorpresa? de tanto andar sin zapatos tengo miedo que te me quedes chueco para siempre, aunque todos son chuecos los piojos como vos, hasta que cumplen dos años ¡Panchito, cuántas cuadras me faltan todavía para poder darte un beso! ¿sos guachito mi piojo? yo te prometo que cuando cobre te compro los zapatitos, y si nos ve tu papá, que si por ahí pasa y delante de la gente te hace un desprecio... ¿tendría miedo que le dé un cuchillazo que se cruzó a la confitería?... con la cuchilla grande le corté el ala a un pollo pelado, el cogote, las patas, le saqué el hígado y el corazón, para hacerlo saltado a la cacerola, todas las presas hay que echarlas a la cacerola ya cortadas, el pollo asado no, lo corro por el gallinero, lo agarro, le estiro el cogote y de un cuchillazo le corto la cabeza, aletea todavía un rato después de cortarle la cabeza, y el ojo le pestañea, le arranco todas las plumas y con toda la fuerza le doy otro cuchillazo para abrirle la pechuga, le arranco las porquerías de adentro que se tiran y lo lavo debajo de la canilla con el chorro de agua fría...

Junio de 1939

...el higo maduro, la pielcita verde no tiene gusto, debajo la pulpa roja con las gotas de almíbar, comí todo lo que quise, al buche, la repisa con todas las muñecas, el pelo natural, los ojos que se mueven, si quiero les tuerzo los brazos, las piernas, la cabeza, hasta hacerles doler que a la noche las muñecas no pueden gritar, los tres banderines, la cruz de madera y el cristo de bronce, el portarretrato, la cómoda, el ropero, tiene perfume la funda de la almohada, mi cabeza negra en la almohada blanca, la sábana está bordada con florcitas que no son de verdad y una guarda cosida las va enlazando de una punta a la otra de la cama, la frazada de lana esquilada a alguna ovejita mansa, deja que se le acerque el carnero: bien abrigada está la muñeca de tamaño natural, la despierto cuando quiero, en la oscuridad el pelo y la boca negra, las muñecas sentadas en la repisa, no se mueven, yo las tuerzo y les doy vuelta la cabeza, los brazos, las piernas, no pueden gritar que viene el padre y me ve: les tuerzo un brazo, les tuerzo el otro brazo, ya no aguantan más el dolor pero si gritan las descubren ¿la carne negra de criollo le tiznó las sábanas bordadas? te tizna la boca y las orejas y todo el cuerpo desde las doce de la noche hasta las tres, las cuatro de la mañana ¿te tizno la conciencia? ¿no tenés remordimiento? estas medias ya sudadas ¿dónde está la camiseta?, meto el trapo en el betún y cuando sea de día embadurno todo el cuero de la bota, el cepillo ya está seco el betún las botas mejor lustradas y me lustro el cinturón, ella me lo tendría que lustrar, vaga, duerme la muñeca, el pelo natural y los ojos que se mueven, despertarte, ya me voy, tenés que cerrar la ventana después que yo salte, que hace frío, la luna y las estrellas, el patio, me van a brillar las botas, la boquita que tenés, con gusto a caramelos surtidos, de limón, de miel, de eucaliptus, mañana me vas a dar más caramelos, que esta noche se van a escarchar los sapos en los charcos, se va a congelar el agua de los caños, y se vana reventar. ¡La luna me hace brillar las botas! los sapos, el charco, la parra, la sirvienta está durmiendo, los canteros, los rosales, las hormigas, el rocío, la escarcha, la higuera, la tierra, el pasto, el tapial, esta luna me hace brillar las charreteras, los botones de metal, un gato, estoy temblando, de frío, hay un gato... no hay nada... ¿quién pisa las hojas secas?... es de frío que tiemblo, yo miedo no le tengo a nadie... anda un gato... ¡no te me acerqués! ...pensé que eras un gato, que en la mano te brilla algo, ¿uñas puntudas de gato?, la cuchilla de la cocina

Cosquín, 28 de junio de 1939

Querida:

Te va a parecer raro que te contesté tan pronto. Hoy recibí tu carta con esa mala noticia y no lo podía creer, pobre muchacho. Fuimos muy amigos aunque en un tiempo no era más que un negro rotoso. Pero no me das ningún detalle, te pido por favor que a vuelta de correo me cuentes como pasó todo. Qué rebuelo habrá en el pueblo.

Qué macanudo que apareció ese interesado en la casa, no lo dejes escapar, vendé así te venís pronto conmigo. Todavía no empesé a preguntar los precios de las propiedades acá, soy vago y qué se le va ha hacer, pero seguro que vas a poder comprar bien, y vamos a estar juntos. Esta pensión de mala muerte me tiene cansado.

Pero vos ves lo que es la vida, ese pobre muchacho regalaba salud y ahora está muerto. Yo te aseguro que estoy mucho mejor, hoy dormí como cuatro horas de siesta y me desperté con las sábanas secas completamente, en vez de haber dormido mal y con sueños malos por la noticia ésa, que cuanto más nervioso estoy más me vienen los sudores, pero hoy no. Se ve que me estoy curando.

Gorda, te beso y te abrazo.

Juan Carlos

Deja la lapicera, se pone de pie y abre la ventana para renovar el aire viciado del cuarto. Se refleja en el vidrio, sonriendo sin motivo. Consulta su reloj pulsera, son las cinco de la tarde y el cielo está negro, en la oscuridad no se distinguen las sierras. Piensa en los muertos y en la posibilidad de que observen cuanto hacen los vivos. Piensa en el amigo muerto que tal vez lo esté mirando desde un lugar desconocido. Piensa en la posibilidad de que el amigo muerto note que la noticia del asesinato en vez de entristecerlo lo ha alegrado.

DUODÉCIMA ENTREGA

> *...fue el centinela*
> *de mi promesa de amor.*

ALFREDO LE PERA

POLICÍA DE LA PROVINCIA DE BUENOS AIRES

Comisaría o Seccional: Coronel Vallejos
Destino de expediente: Juzgado en Primera Instancia del Ministerio de Justicia de la Provincia de Buenos Aires y Archivo local
Fecha: 17 de Junio de 1939

ACTA INICIAL (Extractos)

A los dieciocho días del mes de junio del año mil novecientos treinta y nueve, el funcionario que suscribe Comisario Celedonio Gorostiaga, con la actuación del Sub-Comisario Benito Jaime García que refrenda a los efectos legales hace constar que en este acto se constituye sumario correspondiente al hecho de sangre en que perdiera la vida el Sub-oficial de Policía Francisco Catalino Páez, ex-funcionario de esta Comisaría.

El suceso fue perpetrado en la madrugada del día

181

diecisiete del presente mes de Junio, como atestiguado por el Cabo de Guardia Domingo Lonati, quien oyó gritos hallándose en la cocina de la Comisaría, situada en el patio trasero del edificio. Dichos gritos provenían de un solar vecino, pero no se pudo precisar en ese mismo momento, porque al salir el Cabo al patio, ya que tenía las ventanas cerradas debido a la baja temperatura reinante en todo el Partido de Coronel Vallejos en los últimos días, pero cuando salió al patio, los gritos habían cesado y se oía apenas un quejido que también cesó. El cabo se subió al tapial aprovechando que se encontraba una escalera colocada contra la pared, y miró hacia el patio del solar ocupado por la vivienda del convecino señor Antonio Sáenz. En dicho patio hay una gran higuera que le ocultaba la vista total, pero creyó ver bultos en movimiento junto a la puerta del lavadero de dicha vivienda. El Cabo Lonati pensó que podría tratarse de una pelea de animales tales como perros y gatos y pese a la baja temperatura se quedó apostado como vigía en el tapial. A los pocos minutos vio encenderse luces en el lavadero. Vio movimientos de varias personas y entonces el Cabo a voz en cuello ofreció su socorro pero nadie le contestó porque ya la puerta del lavadero estaba evidentemente cerrada. El Cabo pensó que lo mejor era volver a la oficina de guardia por si el teléfono llamaba y en efecto antes de llegar a la oficina ya estaba sonando la campanilla. Se trataba del Señor Sáenz, convocando la ayuda policial pues el Suboficial Páez yacía en la vivienda del Sr. Sáenz, ya definitivamente sin vida como después lo constató el médico forense Dr. Juan José Malbrán.

182

A continuación el que suscribe, Comisario Celedonio Gorostiaga, residente en el piso alto del edificio de la Comisaría, fue convocado por el Cabo Lonati y juntos se dirigieron al domicilio del Sr. Sáenz. Éste los esperaba ataviado con su ropa interior de dormir y una robe de chambre, lo mismo que su esposa, Doña Agustina Barraza de Sáenz y su hija, señorita María Mabel Sáenz. Durante el sueño habían sido sacudidos por los gritos del Sub-oficial Páez, herido en el jardín por la sirvienta de la casa Antonia Josefa Ramírez, a la que ahora pasaremos a nombrar como la "imputada".]

[...constató que el cuerpo ya estaba sin vida, y lo declaró occiso a los efectos de la ley. El enfermero, con la ayuda del Cabo trasladaron la camilla contenida en la ambulancia hasta el nombrado jardín. Antes de mover el cadáver, el que suscribe debió imponer su autoridad porque el médico forense insistía en levantar el cadáver sin antes permitir al que suscribe tomar todas las precauciones del caso, tales como relevar en suscintas anotaciones la posición del cadáver en el preciso lugar de su caída y también tomar nota del estado en que se encontraban las plantas circundantes, que para el caso eran rosales. El enfermero Launero, en actitud casi de desacato a la autoridad, dejó caer la camilla sobre el cantero dañando las plantas, pero como ya había sido observado por el que suscribe los rosales que bordeaban el camino a la mano izquierda estaban intactos, antes de la intervención del enfermero, mientras que los de la derecha estaban dañados por la caída del occiso. De eso se deduce que no hubo lucha que se diga, el Sub-oficial fue atacado de frente pero de sorpresa porque no se explica de otro modo que no haya alcanzado a sacar el revólver de su cartuchera, aunque su mano derecha estaba aferrada al mango del revólver, que por causas fortuitas no pudo alcanzar a desenvainar.]

[...y a esto el Subcomisario que refrenda el presente sumario desea agregar que eso comprueba que la primera herida fue la del abdomen, mientras que la del corazón le fue aplicada cuando ya estaba por tierra...]

[...un corte de cuchilla de cocina de hoja afilada de veintiocho centímetros de largo, que le penetró entre las costillas derecho al corazón, golpe este que una mujer no podría haber dado estando la víctima en posición vertical, pero sí en posición horizontal, lo que permitía a la mujer hundir la cuchilla de arriba para abajo en un cuerpo ya para entonces indefenso.]

[...y allí estaba tendida en la cama sin conocimiento. A su vera se hallaba la señorita Sáenz. La imputada estaba vestida solamente con una enagua y su ropa interior, la enagua presentaba restos de manchas de sangre lavadas con agua pero según explicó la señorita Sáenz cuando oyeron los gritos la encontraron a la imputada junto al occiso, de pie, blandiendo el arma y balbuceando. A renglón seguido se desmayó y fue conducida a su lecho por la señorita Sáenz quien para entonces ya contaba con el auxilio de sus señores padres. Colocaron a la imputada en la cama y lavaron sus manchas de sangre con una esponja. Como estaba fría la taparon con las cobijas y procedieron inmediatamente a llamar al Médico y luego a la Policía, después de lo cual...]

[Según declaración de la Srta. Sáenz, la imputada se le quejó días atrás de que el occiso (quien no le había dirigido la palabra desde que supo del embarazo) la había interpelado en la calle ordenándole que dejara la puerta abierta del patio para entrar de noche a visitarla, a lo cual la imputada reaccionó con desprecio pues debido al desinterés del occiso por su hijo le había tomado gran rencor. Lo sucedido esa noche no se podía en cambio detallar porque la imputada fue encontrada en el jardín en estado de sacudón nervioso y no había explicado nada.

A renglón seguido, requerida su actuación, el Dr. Malbrán revisó a la imputada y la halló sin rastros de violencia sexual, pero recomendó no despertarla, para que volviera en sí naturalmente. Se decidió entonces que quedara en la pieza el Cabo Lonati, mientras la Srta. Sáenz velaría también por la imputada, sentada junto al lecho.

Fue menester a continuación inspeccionar la disposición de las habitaciones, de lo que se colacionó que al patio grande se tiene acceso por una sola puerta, a los lados de la cual hay dos ventanas: a la derecha la ventana de la habitación de la Srta. Sáenz y a la izquierda la ventana del lavadero de la casa, ambas ventanas con vista al jardín que después termina contra el tapial lindante con la Comisaría. Según el Sr. Sáenz dicha puerta de acceso al patio grande era costumbre dejarla cerrada con pasador pero en más de una ocasión quedaba abierta, sobre todo desde que había sido inaugurado el edificio de la Comisaría nueva, lo cual otorgaba sensación de seguridad a los ocupantes de la vivienda.]

[Recién a las ocho y treinta de la mañana de ayer, es decir del día dieciséis, la imputada se despertó y fue atendida por la Srta. Sáenz. A las nueve y cuarenta y cinco el Dr. Malbrán consideró que la imputada podía responder al cuestionario policial. Del mismo surgieron las siguientes declaraciones.

Antonia Josefa Ramírez, de veinticuatro años de edad, confesó haber dado muerte al Suboficial de Policía Francisco Catalino Páez con una cuchilla de cocina. La confesión fue interrumpida varias veces por crisis de llanto y a cada rato la Srta. Sáenz debió sujetar a la imputada en su intento repetido de golpearse la cabeza contra la pared. La Srta. Sáenz, a quien ya la imputada había referido los sucesos ni bien se despertara, la ayudó a colmar las lagunas que su memoria presentaba a cada momento. Los hechos se precipitaron en la madrugada del día dieciséis al ver entrar la imputada al occiso en su habitación, vistiendo su uniforme de suboficial. Éste la amenazó con su revólver y dijo que se le entregara allí mismo, pese a la proximidad de los patrones. La imputada, plena de rencor por haber sido abandonada con un hijo natural después de haber sido seducida en base a vanas promesas, se resistió y alegó tener miedo de despertar a los patrones, y como oportunamente acotó la Srta. Sáenz, era costumbre de la Sra. Sáenz levantarse en medio de la noche atacada de acidez y dirigirse a la cocina. Detalle: dicha cocina comunica con el cuarto de la sirvienta sin puerta, sólo una cortina de género negro las separa, pues dicho cuarto estaba construido como despensa originariamente. Con ese argumento la imputada convenció al occiso a salir al patio donde haría lo que él le ordenara. Él no aceptaba pero la imputada finalmente lo amenazó con gritar. Entonces el occiso, pese a la borrachera —detalle este revelado en la autopsia— accedió y juntos se dirigieron al patio. Pero antes debieron pasar por la cocina y fue allí que la imputada subrepticiamente tomó de pasada la cuchilla y la ocultó. El occiso la quería conducir hasta el fondo de la casa, con el propósito de vejarla una vez más. Cuando la imputada creyó llegado el momento oportuno, ya en el patio, le mostró la cuchilla para ahuyentarlo, pero Páez, ebrio, no dio importancia a la amenaza, por el contrario...]

[...se procedió a investigar el acta de nacimiento del niño Francisco Ramírez, nacido el día 28 de enero de 1938 en el Hospital Regional de Coronel Vallejos, y en él figura como de padre desconocido. A renglón seguido fue convocada la tía de la imputada, señorita Augusta Ramírez, de cuarenta y un años, de profesión lavandera. Ésta bajo juramento declaró haber recibido dinero de Páez para mantenimiento del niño en más de una oportunidad, y agregó que en más de una ocasión, es decir siempre que lo veía al occiso, le llevaba a la criatura para que lo viera bajo la condición, impuesta por el occiso, de que no dijera nada a la madre del niño que él lo veía. Según la citada lavandera, el mismo era muy cariñoso con el hijo pues se le parece mucho, y se encontraban de mañana temprano en zonas alejadas de la población, puesto que el occiso temía ser visto con el niño. Dicho occiso amenazaba a la lavandera con no darle más dinero si le contaba a la imputada que él veía al niño. En una oportunidad el occiso se presentó con una pelota de goma de regalo para el niño, a condición de que la lavandera dijese que la había comprado ella con el dinero dado por él, pero la lavandera prefirió decir a la imputada que la había encontrado por la calle en una alcantarilla pues la imputada habría visto de mal grado ese gasto.]

[...en casa de vecinos de la lavandera y fue conducido, junto con la pelota de goma, al edificio de la Comisaría para ser observado por el Oficial que refrenda y por el que suscribe. Se declaró el parecido con el occiso como contundente. En cuanto a la pelota, tras urgente pesquisa, se comprobó que fue adquirida en el Bar-Almacén La Criolla por el occiso en fecha no determinada, entre el mes de diciembre y enero próximo pasados, tal vez en ocasión del Día de los Reyes Magos, según declaró bajo juramento el dueño del comercio, Sr. Camilo Pons.

Se procedió a continuación a pedir datos a ciertos convecinos sobre la moralidad de la imputada, y sus anteriores patrones, la Maestra Normal señora...]

[En cambio una curiosa observación del Cabo Lonati arroja dudas sobre la no premeditación del hecho sangriento: recuerda haber visto al ex-suboficial Páez saltar el tapial en dirección al solar propiedad del Sr. Sáenz otra noche, pocos días atrás, así como recuerda ciertas bromas o chistes del ex-suboficial sobre unas presuntas diversiones secretas en horas de guardia, bromas que nunca terminaba de aclarar y nadie dilucidaba. De ello se deduce que el occiso podría haber ya visitado a la imputada otras veces, lo cual destruiría la coartada de la misma, aunque también se puede inferir que el occiso saltó el tapial pero se encontró siempre cerrada la puerta de acceso a los cuartos, hasta que, para su brutal castigo, la encontrara abierta en la madrugada de ayer.

Tampoco fue posible hallar en las dependencias de la comisaría el recipiente de la bebida alcohólica ingerida por el occiso, al cual...]

[Con estos datos consideramos completa la información recogida referente al caso que nos ocupa. La imputada se halla actualmente bajo cuidado médico en la Celda n.º 8 de esta Comisaría, con carácter de incomunicada a no ser por las necesarias entradas y salidas del médico forense.

Juran la presente declaración a los efectos de la ley,

CELEDONIO GOROSTIAGA
Comisario

BENITO JAIME GARCÍA
Sub-Comisario

★

POLICÍA DE LA PROVINCIA DE BUENOS AIRES

Comisaría o Seccional: Coronel Vallejos
Destino de expediente: Archivo local
Fecha: 19 de Junio de 1939

Fueron detenidos los menores de edad Celestino Páez, de diecisiete años, y Romualdo Antonio Páez, de catorce, ambos hermanos del difunto ex-suboficial de esta Comisaría Francisco Catalino Páez, por arrojar piedras contra la acusada de homicidio Antonia Josefa Ramírez en momentos en que ésta subía al tren con destino a la ciudad de Mercedes, donde la espera juicio por homicidio, acompañada por el agente Arsenio Linares.

189

La acusada fue alcanzada por una piedra y herida en la base del cráneo, aunque no de gravedad, pero fue atendida en seguida por el servicio de primeros auxilios del mismo tren, el cual partió con atraso debido a haberse escondido los mencionados menores detrás de uno de los vagones. Tan pronto fueron aprehendidos partió el tren. Ambos menores quedan a disposición del Juez de Paz del Partido de Coronel Vallejos.

BENITO JAIME GARCÍA
Sub-Comisario a cargo

—¿Se puede? *el estómago se me revuelve*
—Sí, pase por favor. La estaba esperando, *qué arreglada se vino la petisa*
—Qué lindas tiene las plantas... *pero la casa da asco*
—Es lo único que me daría lástima dejar, si me voy de Vallejos... *¿qué mirás tanto los mosaicos rotos del piso? se vino impecable, la lana del tapado es cara, el sombrero de fieltro*
—Qué frío hace ¿no? *no tiene estufa, esta orillera*
—Sí, perdone que esta casa es tan fría, venga por acá que pasamos a la sala. *vas a encontrar mugre si sos bruja... fijate qué limpieza.*
—Mire, a mí no me importa ir a la cocina, si está más calentito... *no tiene estufa, ya se le cayó la papada, debe tener cuarenta y cinco, y los ojos bolsudos*
—Bueno, si no le importa vamos, está todo limpito, por suerte. *te creías que me agarrabas con todo sucio ¡enana sos! ¡enana! por más que te pongas sombrero para alargarte*

—¿Le traga mucha leña esta cocina? *la debe refregar todo el día, la orillera esta.*

—Y, bastante, pero como me la paso acá todo el día, no importa. *sí, soy sencilla ¿y qué te importa?*

—¿Recibió carta de su hija? *la gorda*

—Sí, está lo más bien, gracias. *pescó marido, no como vos*

—¿Dónde es que se fue a vivir, a Charlone? *cuatro ranchos perdidos entre la tierra*

—Sí, el muchacho tiene el negocio en Charlone. Tan chiquito Charlone, ¿no? *pero casada, casada, no solterita como quien sabés...*

—Usted hace bien en irse de Vallejos ¿qué va a hacer acá, sola? *y remanyada*

—Sí, la hija se me fue, qué voy a hacer acá sola. *cuando se tiene un amor, a qué perder el tiempo sola...*

—¿Cuántos años hace que se quedó viuda? *¿qué le habrá visto mi hermano? es ordinaria, mal vestida*

—Van para doce años, ya. La nena tenía ocho años cuando él murió. Yo he sufrido mucho en la vida, señorita Celina. *me llegó la hora de pasarla bien, qué te pensás...*

—¿Qué edad tenía usted al morir su esposo? *confesá*

—¿Qué le digo? La nena tenía ocho... *no, no, no, no te voy a dar el gusto*

—Mire señora, como le mandé decir, tengo algo que hablar con usted muy importante. *tenés un corte de pelo a la garçonne que da asco y esos aros de argolla no le faltan a ninguna chusma*

—Sí, hable con toda confianza. *ayudame Dios mío, que ésta es capaz de cualquier cosa*

—Mire, ante todo quiero que usted me prometa no contárselo a nadie. *orillera chusma, vas a sufrir sin contárselo a la vecina*

—Se lo juro por lo más sagrado. *¿Dios no me castigará que estoy jurando?*

—¿Por quién? *si jurás por mi hermano te escupo*

—*por Juan Carlos no me animo* Por la felicidad de mi hija.

—Bueno. Mire, yo recibí carta de mi hermano contándome lo que usted piensa hacer.

—¿Qué es lo que cuenta? *¿con qué se vendrá ésta? ¿me amenazará con contárselo a mi nena?*

—¿Para qué quiere que se lo repita? *te embromé*

·—Y si por ahí le dice algo que no es todo verdad, no quiero decir que él sea mentiroso, pero por las dudas que no haya un malentendido. *por las dudas*

—Dice que usted supo que nosotras, mamá y yo, *no vos, atorranta* no podíamos más mandar tanto dinero a Córdoba para el tratamiento nuevo, y la pensión donde está que no es buena, y la mejor cuesta un ojo de la cara, bueno, que usted lo escribió diciéndole que quería vender esta casa y mudarse a Cosquín, para comprar una casita allá y tomarlo a él de pensionista. *cómo te puede tolerar mi hermano, cascajo, siempre de taco alto y zóquetes*

—Sí, es todo verdad, y si puedo voy a tomar algún pensionista de veras para que ayude en los gastos.

—Mi mamá está muy molesta con todo esto. *de tratar con orilleras*

—¿Por qué? ¿no es por el bien del hijo acaso? *todas las copetudas tienen el corazón de hielo*

—Sí, pero sufre al no poder ayudarlo como quisiera.

—*mejor que le mandaras unos pesos, en vez de tanto tapado y sombrero.* Y, pero no hay que ser tan orgullosa tampoco, eso está mal.

—Mi mamá no es orgullosa, eso no está bien que usted lo diga. Lo que pasa es que mi mamá fue educada para que nunca le faltara nada, y ahora le duele, ¿es natural, no? *¡abarajate ésa! ¡abarajátela!*

—*cómo tenés coraje de ofenderme, perra...* Sí, las madres son así.

—Bueno, entonces mi mamá, y yo también, le queremos pedir una cosa.

—Dígame. *¿me arruinarán todo? ¿perderé a mi amor?*

—¿Usted va a vender los muebles, los va a rematar?

—*¿me salvé?* No, porque no me dan nada, y después si tengo que comprar muebles nuevos en Cosquín va a ser carísimo. Para colmo que ahí no sé si habrá una mueblería ¿se imagina si los tengo que ir a comprar a la ciudad de Córdoba?

—Mi mamá y yo nos imaginamos que los iba a mandar de acá.

—Sí, los mando de acá. Y ya tengo oferta para la casa ¿sabe? *nada, nada me va a parar*

—Bueno, mi mamá, y yo también, le pedimos una cosa: usted no va a tener ninguna oposición de nuestra parte, pero le pedimos que no diga a nadie que se va a Cosquín. *caradura, a juntarse con un muchacho más joven*

—No se preocupe, yo tampoco pensaba decirle a nadie, y a mi hija tampoco todo. Usted sabe la lengua que tienen acá. Si no fíjese lo que dicen de la Mabel... *tomá, aguantátela, que es amiga tuya*

—*¿qué querés insinuar vos y la papada que tenés?* Yo no lo creo. Una chica de familia como Mabel no se iba a meter con ese negro.

—*son todas unas atorrantes y vos peor que ninguna* Puede ser que sean inventos. Pero parece que en la declaración se contradijo.

—Estaría nerviosa... En fin, volviendo a nosotras, aunque usted no diga de Cosquín, la gente se va a dar cuenta si no anda con más cuidado. Por ejemplo los muebles, no los despache desde acá.

—¿Y cómo voy a hacer?

—Si usted los despacha por la compañía de mudanzas de acá, en seguida lo va a saber todo el mundo. Mande los muebles de acá a lo de su hija en Charlone, y de ahí a Cosquín. Y para todo tome las mismas precauciones.

—*a Juan Carlos no me lo quitás* ¿Qué más precauciones?

—Todo. Así nadie se entera que usted está allá con mi hermano. Usted tiene que comprender que para nuestra familia es una vergüenza. *te la dije*

—no, *vergüenza es robar* Si Dios le mandó esa enfermedad a su hermano fue la voluntad de Dios, no gana nada con tener vergüenza.

—¿Pero me promete hacer eso con los muebles y con la escritura de la casa? Tiene que dar para todos los trámites la dirección de su hija en Charlone. ¿Me lo promete?

—Se lo prometo. *y vos que te andás subiendo al auto de los viajantes, enana ¿qué derecho tenés a hablarme en ese tono?*

DECIMOTERCERA ENTREGA

...las horas que pasan ya no vuelven más.

ALFREDO LE PERA

Era una tarde de otoño. En esa calle de Buenos Aires los árboles crecían inclinados. ¿Por qué? Altas casas de departamentos de ambos lados de la acera ocultaban los rayos del sol, y las ramas se tendían oblicuas, como suplicando, hacia el centro de la calzada... buscando la luz. Mabel iba a tomar el té a casa de una amíga, elevó su mirada a las copas añosas, vio que los troncos fuertes se inclinaban, se humillaban.

Tal vez un vago presagio asió su garganta con guante de seda, Mabel entre sus brazos estrechó un ramo de rosas y aspiró el dulce perfume, ¿por qué de repente pensaba que el otoño había llegado a la ciudad para nunca más dejarla? El frente del edificio de departamentos le pareció lujoso, mas la ausencia de una alfombra en la entrada la tranquilizó: el edificio donde ella muy pronto habría de vivir contaba en cambio con ese elemento decisivo para definir la categoría de una casa. Aunque el ascensor tenía espejo, sí, y examinó su maquillaje a través del fino velo del tocado en fieltro negro con garnitura de racimos de guindas, confeccionadas en papel celofán. Por último emparejó la pelambre de las colas de zorro colocadas en torno a su cuello.

Tercer piso, departamento "B", con peinado alto y

tanta sombra en los ojos su amiga Nené le pareció algo avejentada al abrir la puerta.

—¡Mabel, el gusto de verte! —y se dieron dos besos en cada mejilla.

—¡Nené! ¡ay, qué angelito de Dios, ya caminando este tesoro! —besaba al niño y descubrió más allá en un corralito al hijo menor de su amiga— ¡y el chiquito qué carita!

—No... Mabel... no son nada lindos ¿no te parece que son feúchos? —habló sinceramente la madre.

—No, son ricos, tan gordos, tan ñatitos ¿qué tiempo tiene el más chico?

—El bichito tiene ocho meses, y el grandulón un año y medio pasados... pero por suerte son varoncitos ¿no?, no importa tanto que no sean lindos... —Nené se sintió pobre, no tenía para mostrar más que dos niños poco agraciados.

—Che, pero qué seguiditos son... no perdiste el tiempo ¿eh?

—Ay, vos sabés que yo tenía miedo que se te fueran los días sin poder visitarme ¿cómo van los preparativos?

—Mirá, lo que se dice enloquecida ¡y eso que ni me caso de largo ni hacemos fiesta!... Tenés muy linda la casa —la voz de Mabel se escuchaba encrespada por la hipocresía.

—¿Te parece?

—¿Cómo no me va a gustar?, ni bien vuelva de la luna de miel tenés que venir a verme el nidito, eso sí, muy muy chiquito el departamento mío.

—Será un chiche —replicó Nené colocando en un florero las fragantes rosas, a las cuales admiró— ¿a que te olvidaste de traerme la foto de tu novio?

Ambas pensaron en el rostro perfecto de Juan Carlos y evitaron durante algunos segundos mirarse en los ojos.

—No, para qué, es un petiso mal hecho...

—Me muero por conocerlo, por algo te casarás con él, viva. Será un hombre muy interesante. Mostrame la foto del petiso... —antes de terminar la última frase Nené ya estaba arrepentida de haberla pronunciado.

—Son cómodos estos sillones ¡no, querido, las medias no me toques!

—¡Luisito! mirá que te doy un chas-chas... quieto ahí que ahora te voy a dar una masita —y Nené se dirigió a la cocina para calentar el agua del té.

—Vos sos Luisito ¿y tu hermanito cómo se llama? —sonrió Mabel al niño buscando en su fisonomía algún parecido decisivo con el marido de Nené.

—Mabel, vení que te muestro la casa.

Al encontrarse las dos en la cocina no pudieron evitar la irrupción de los recuerdos. Tantas tardes pasadas en aquella otra cocina de Nené, mientras afuera soplaba el aire polvoriento de la pampa.

—¿Sabés Nené una cosa? me gustaría un mate, como en los viejos tiempos... ¿cuánto tiempo hará que no tomamos un mate juntas?

—Añazos, Mabel. Más o menos de la época que salí Reina de la Primavera, ... y estamos en abril del 41...

Ambas callaron.

—Nené, dicen que todo tiempo pasado fue mejor. ¿Y no es la verdad?

Callaron nuevamente. Las dos encontraron para ese interrogante una respuesta. La misma: sí, el pasado había sido mejor porque entonces ambas creían

en el amor. Al silencio siguió el silencio. La luz mor-
tecina del atardecer entraba por la claraboya y teñía
las paredes de violeta. Mabel no era la dueña de casa,
pero no soportando más la melancolía, sin pedir permiso encendió la lamparita que pendía del techo.
E inquirió:

—¿Sos feliz?

Nené sintió que un contrincante más astuto la había atacado de sorpresa. No sabía qué responder, iba
a decir "no puedo quejarme", o "siempre hay un
pero", o "sí, tengo estos dos hijitos", mas prefirió en-
cogerse de hombros y sonreír enigmáticamente.

—Se ve que sos feliz, tenés una familia que no cualquiera...

—Sí, no puedo quejarme. Lo que yo querría es un
departamento más grande para tomar una sirvienta
con cama, pero para hacerla dormir en el living es
más lío que otra cosa. ¿Pero vos sabés el trabajo que
me dan estos chicos? Ahora que se viene el invierno
y empiezan con los resfríos... —Nené prefirió callar
sus otras quejas: que no conocía ningún club nocturno, que no había nunca subido a un avión, que las
caricias de su marido para ella no eran... caricias.

—Pero si son tan sanitos... ¿Salís mucho?

—No, ¿adónde voy a ir con estos dos que están
siempre llorando? o se hacen pis o caca. Tené hijos,
vas a ver lo que es.

—Si no los tuvieras los desearías, no te quejes —adu-
jo Mabel engañosa, pues tampoco para ella era de-
seable esa vida rutinaria de madre y esposa ¿pero
era acaso preferible quedarse soltera en un pueblo y
continuar siendo el blanco de la maledicencia?

—Y vos, contame de vos... ¿querés tener muchos chicos?

—Con Gustavo hemos hecho el trato de no tener chicos hasta que él se reciba. Le faltan pocas materias pero nunca las da, también él...

—¿Qué era lo que estudiaba?

—Doctorado en Ciencias Económicas.

Nené pensó en cuánto más importante que un martillero público sería un doctor en ciencias económicas.

—Contame algo de Vallejos, Mabel.

—Y, noticias frescas no tengo ninguna, si hace más de un mes que estoy en Buenos Aires, con estos preparativos.

—¿Juan Carlos sigue en Córdoba? —Nené sintió que el rubor teñía sus mejillas.

—Sí, parece que está mejor. —Mabel miró la llama azul de la hornalla a gas.

—¿Y Celina?

—Más o menos, che. Para qué hablar de eso, ya te podés imaginar. Tomó un camino malo, sabés que meterse con los viajantes es fatal. ¿No escuchás ninguna novela a´la tarde?

—No, ¿hay alguna linda?

—¡Divina! a las cinco ¿no la escuchás?

—No, nunca. —Nené recordó que su amiga siempre había descubierto antes que ella cuáles eran la mejor película, la mejor actriz, el mejor galán, la mejor radionovela, ¿por qué se dejaba siempre ganar?

—Yo me perdí muchos episodios pero cuando puedo la escucho.

—Qué lástima, hoy te la perdés también. —Nené deseaba hablar largamente con Mabel, rememorar

¿se animaría a sacar nuevamente el tema de Juan Carlos?

—¿No tenés radio?

—Sí, pero son más de las cinco.

—No, que son las cinco menos diez.

—Entonces la podemos escuchar, si querés. —Nené recordó que como dueña de casa debía agasajar a la visita.

—¡Sí, regio! ¿no te enojás? Lo mismo podemos seguir charlando.

—Sí, lo más bien ¿cómo se llama la obra?

—*El capitán herido*, ya faltan cuatro días para terminar, y para el mes que viene anuncian *La promesa olvidada*. ¿Querés que te la cuente desde que empezó?

—Sí, pero después no te olvides de contarme de la Raba. ¿Cómo anda?

—Lo más bien. Bueno, te cuento cómo es el principio porque si no ya van a ser las cinco y no vas a entender nada, y después seguro que la vas a seguir escuchando.

—Pero apurate.

—Mirá, es durante la guerra del catorce, un capitán del ejército francés, un muchacho joven, de familia muy aristocrática, que por ahí por la frontera con Alemania cae herido, y cuando recobra el conocimiento en la trinchera está al lado de un soldado alemán muerto, y oye que el lugar ha caído en manos de los alemanes, entonces le saca el uniforme al muerto y se hace pasar por alemán. Y es que toda esa región de Francia ha caído en manos de los alemanes y marchan hacia una de las aldeas de por ahí, y pasan por una granja, y piden comida. El granjero es un campesino bruto y cerrado, pero la mujer es una mujer muy hermosa, que les da todo a los alemanes con tal de que sigan camino, pero por ahí lo ve a él, y lo reconoce. Resulta que ella había sido una chica de una aldea cerca del castillo en que vivía el muchacho, y cuando él recién empezaba su carrera militar y venía de descanso al castillo siempre se encontraba con ella en los bosques, que era su verdadero amor de juventud.

—¿Pero qué clase de chica era ella? ¿era seria o era de hacer programas?

—Bueno, ella se había enamorado de él desde chica, cuando se escapaba del castillo para ir a bañarse al arroyo y juntaban flores, y de más grande seguramente ella se le entregó.

—Entonces que se embrome. Si se entregó.

—No, en el fondo él la quiere de veras, pero como es una aldeana, él se ha dejado llevar por la familia que quieren hacer un casamiento de conveniencia con otra noble. Pero Nené ¿no íbamos a tomar mate?

—Ay, con la charla me olvidé, ahora ya está listo el té ¿querés mate? ¿Y él a la noble la quiere o no?

—Y... es una chica jovencita que también está enamoradísima de él, y de tipo muy fino, a él le tiene que gustar. Tomamos el té, dejá...

—Pero de verdad puede querer a una sola.

Mabel prefirió no responder. Nené encendió la radio, Mabel la observó y ya no a través del velo de su sombrero sino a través del velo de las apariencias logró ver el corazón de Nené. No cabía duda: si ésta creía imposible amar a más de un hombre era porque

al marido no había logrado amarlo, pues a Juan Carlos
sí lo había amado.

—Y él vuelve con ella por la conveniencia.

—No, él la quiere a su modo, pero de veras, Nené.

—¿Cómo a su modo?

—Sí, pero para él primero está la patria, es un capitán muy condecorado. Y después vino una parte en
que el cuñado de ella, un traidor ¿me entendés? el
hermano del marido bruto, que es un espía de los alemanes, viene a la granja y descubre al muchacho
escondido en el granero que se ve obligado a matar
al espía y lo entierra a la noche en la huerta, y el
perro no ladra porque la chica le ha enseñado a quererlo al prisionero.

«—LR7 de Buenos Aires, su emisora amiga… presenta… El Radioteatro de la Tarde…»

—Mientras sirvo el té… que los chicos tienen
hambre.

—Sí, pero tenés que escuchar, dejame que la ponga
más fuerte.

Una melodía ejecutada en violín desgranó sus primeras notas. En seguida el volumen de la música
decreció y dio paso a una modulada voz de narrador:
«Aquella fría madrugada de invierno Pierre divisó
desde su escondite en lo alto del granero, el fuego
cruzado de los primeros disparos. Ambos ejércitos se
enfrentaban a pocos kilómetros de la granja. Si tan
sólo pudiera acudir en ayuda de los suyos, pensó. Ines-
peradamente se oyeron ruidos en el granero, Pierre
permaneció inmóvil en su cubil de heno.

»—Pierre, soy yo, no temas…

»—Marie… tan temprano.

»—Pierre, no temas ...

»—Mi único temor es el de estar soñando, despertar y no verte más... allí... recortada en el marco de esa puerta, detrás tuyo el aire rosado del alba...»

—Mabel, no me digas que hay algo más hermoso que estar enamorada.

—¡Chst!

«—Pierre... ¿tienes frío? La campiña está cubierta de un rocío glacial, pero podemos hablar con calma, él ha ido al pueblo.

»—¿Por qué tan temprano? ¿acaso no va siempre a mediodía?

»—Es que teme no poder ir más tarde, si la batalla se extiende. Por eso he venido a cambiarte la venda ahora.

»—Marie, déjame mirarte... Tienes los ojos extraños ¿acaso has estado llorando?

»—Qué cosas dices, Pierre. No tengo tiempo para llorar.

»—¿Y si lo tuvieras?

»—Si lo tuviera... lloraría en silencio.

»—Como lo acabas de hacer hoy.

»—Pierre, déjame cambiarte la venda, así, eso es, que pueda quitarte el lienzo embebido en hierbas, veremos si esta burda medicina de campaña te ha hecho bien.

»Marie procedió a quitar la venda que envolvía el pecho de su amado. Así como en los campos de Francia se libraba una batalla, también en el corazón de Marie pugnaban dos fuerzas contrarias: ante todo quería encontrar la herida cicatrizada, como feliz conclusión de sus cuidados, aunque desconfiaba del poder curativo de esas pobres hierbas campestres; mas si la herida estaba curada... Pierre abandonaría el lugar, se alejaría y tal vez para siempre.

»—Cuántas vueltas a tu pecho ha dado este vendaje ¿sientes dolor, mientras te lo quito?

»—No, Marie, tú no puedes hacerme daño, eres demasiado dulce para ello.

»—¡Qué tonterías dices! Todavía recuerdo tus chillidos el día que te lavé la herida.

»—Marie... de tus labios en cambio nunca he oído quejas. Dime ¿qué sentirías si yo muriese en la batalla?

»—Pierre, no hables así, mis manos tiemblan y te puedo dañar... Tan sólo me resta quitarte el lienzo embebido en hierbas. No te muevas.

»Y ante los ojos de Marie estaba, sin vendas, la decisión del Destino.»

Tras una cadenciosa y moderna cortina musical se oyó un anuncio comercial, correspondiente a cremas dentífricas de higiénica y duradera acción.

—¿Te gusta, Nené?

—Sí, la novela es linda, pero ella no trabaja del todo bien. —Nené temió elogiar la labor de la intérprete, recordaba que a Mabel no le gustaban las actrices argentinas.

—Pero si es buenísima, a mí me gusta —replicó Mabel recordando que Nené nunca había sabido juzgar sobre cine, teatro y radio.

—¿Ella se le entregó a él por primera vez en el granero o ya antes cuando era soltera?

—¡Nené, antes! ¿no ves que es un amor de muchos años?

—Claro, ella no puede hacerse ilusiones con él porque ya se le entregó, porque yo pensé que si no se le había entregado antes cuando eran jovencitos, y en el granero él estaba herido y no podía suceder nada, entonces él volvería a ella con más ganas.

—Eso no tiene nada que ver, si la quiere la quiere...

—¿Vos estás segura? ¿Cómo tendría que hacer ella para que él volviese a buscarla después de la guerra?

—Eso depende del hombre, si es un caballero de palabra o no... Callate que ya empieza.

«Ante sus ojos estaba, sin vendas, escrito su destino. Marie vio con alegría, con estupor, con pena... que la herida había cicatrizado. El ungüento había surtido efecto, y la robusta naturaleza de Pierre había hecho el resto. Pero si Marie lo decidía... esa cicatriz podía volver a abrirse, tan sólo le bastaba hundir levemente sus uñas en la piel nueva y tierna, todavía transparente, que unía ambas márgenes de la profunda herida.

»—Marie, dime, ¿estoy curado?... ¿por qué no respondes?

»—Pierre...

»—Sí, dímelo ya ¿puedo ir a unirme a mis tropas?

»—Pierre... puedes partir, la herida se ha cerrado.

»—¡Partiré! he de luchar con los míos, después regresaré y si es preciso lucharé cuerpo a cuerpo con él... para libertarte.

»—No, eso nunca, él es brutal, una fiera vil, capaz de atacar por la espalda.»

—Mabel ¿por qué se casó ella con ese marido tan malo?

—No sé, yo perdí muchos capítulos, será que no quería quedarse soltera y sola.

—¿Era una chica huérfana?

—Aunque tuviera los padres, ella querría formar su hogar ¿no? y dejame escuchar.

«—¿Cómo puedes estar tan seguro de que has de volver?»

Tras una cadenciosa y moderna cortina melódica se oyó el anuncio comercial, correspondiente a un jabón de tocador fabricado por la misma firma anunciadora de la crema dentífrica ya elogiada.

—Te mato, Nené, no me dejaste entender, no... te digo en broma ¡yo me como ese cañoncito de crema! me voy a poner como un barril.

—¿Y la Raba? ¿cómo anda?

—Lo más bien, no quiso volver a trabajar a casa, a mí ni me miró más, después de todo lo que hice por ella...

—¿Y de qué vive?

—Lava para afuera, en el rancho de ella, con la tía. Y al vecino se le murió la mujer, que es un quintero con terreno propio, y ellas le cocinan y le cuidan los hijos, se defienden. Pero es una desagradecida la Raba, esa gente más hacés por ellos peor es...

El relator describió a continuación el estado de las tropas francesas. Estaban sitiadas, poco a poco se debilitarían. Si Pierre llegaba a ellas no haría más que engrosar el número de muertos. Pero el astuto capitán concibió una maniobra extremadamente osada: vestiría el uniforme del enemigo y sembraría la confusión entre las líneas alemanas. Marie entretanto se enfrentaba con su marido.

—¿Vos serías capaz de un sacrificio así, Mabel?

—No sé, yo creo que le hubiese abierto la herida, así él no volvía a pelear.

—Claro que si él se daba cuenta la empezaba a odiar para siempre. Hay veces que una está entre la espada y la pared ¿no?

—Mirá, Nené, yo creo que todo está escrito, soy fatalista, te podés romper la cabeza pensando y planeando cosas y después todo te sale al revés.

—¿Te parece? Yo creo que una tiene que jugarse el todo por el todo, aunque sea una vez en la vida. Me arrepentiré siempre de no haber sabido jugarme.

—¿Qué, Nené? ¿de casarte con un enfermo?

—¿Por qué decís eso? ¿por qué sacás ese tema si yo estaba hablando de otra cosa?

—No te enojes, Nené, ¿pero quién iba a pensar que Juan Carlos terminaría así?

—¿Ahora se cuida más?

—Estás loca. Se pasa la vida buscando mujeres. Lo que yo no me explico es cómo ellas no tienen miedo de contagiarse.

—Y... algunas no sabrán. Como Juan Carlos es tan lindo...

—Porque son todas unas viciosas.

—¿Qué querés decir?

—Vos tendrías que saber.

—¿Qué cosa? —Nené presintió que un abismo pronto se abriría a pocos pasos de allí, el vértigo la hizo tambalear.

—Nada, se ve que vos...

—Ay, Mabel, ¿qué querés decir?

—Vos no tuviste con Juan Carlos... bueno, lo que sabés.

—Sos terrible, Mabel, me vas a hacer poner colorada, claro que no hubo nada. Pero que yo lo quería no te lo niego, como novio quiero decir.

—Che, no te pongas así, qué nerviosa sos.

—Pero vos me querías decir algo. —El vértigo la dominaba, quería saber qué había en lo hondo de aquellas profundidades abismales.

—Y, que las mujeres parece que cuando tienen algo con Juan Carlos ya no lo quieren dejar más.

—Es que él es muy buen mozo, Mabel. Y muy comprador.

—Ay, vos no querés entender.

«—Si las tropas francesas avanzan, conviene que nos vayamos de aquí, mujer. Y más rápido con esos atados de heno y esas hormas de quesillo. Cada día estás más torpe, y hasta tiemblas de miedo, ¡tonta de capirote!

»—¿Hacia dónde iremos?

»—A casa de mi hermano, no comprendo por qué no ha vuelto por aquí.

»—No, a casa de él, no.

»—No me contradigas, o te descargaré esta mano sobre el rostro, que ya sabes cuán pesada es.»

—¿Pero ésta se deja pegar? ¡qué estúpida!

—Y... Mabel, lo hará por los hijos ¿tiene hijos?

—Creo que sí. Yo lo mato al que se anime a pegarme.

—Qué porquería son los hombres, Mabel...

—No todos, querida.

—Los hombres que pegan, quiero decir.

El relator se despidió de los oyentes hasta el día siguiente, después de interrumpir la escena llena de violentas amenazas entre Marie y su esposo. Siguió la cortina musical y por último otro elogio conjunto a la pasta dentífrica y al jabón ya aludidos.

—Pero, che Mabel ¿qué es lo que yo no quiero entender que vos decís de Juan Carlos? —Nené seguía jugando con su propia destrucción.

—Que las mujeres no lo querían dejar, ... por las cosas que pasan en la cama.

—Pero, Mabel, yo no estoy de acuerdo. Las mujeres se enamoran de él porque es muy buen mozo. Eso de la cama, como decís vos, no. Porque hablando la verdad, una vez que se apaga la luz no se ve si el marido es lindo o no, son todos iguales.

—¿Todos iguales? Nené, vos no sabés entonces que no hay dos iguales. —Nené pensó en el Dr. Aschero y en su marido, no pudo establecer comparaciones, los momentos de lujuria con el odiado médico habían sido fugaces y minados por las incomodidades.

—Mabel, vos qué sabés, una chica soltera...

—Ay, Nené, todas mis compañeras de cuando pupila ya están casadas, y con ellas m'hijita tenemos confianza total y me cuentan todo.

—Pero vos qué sabés de Juan Carlos, no sabés nada.

—Nené ¿vos no sabés la fama que tenía Juan Carlos?

—¿Qué fama?

Mabel hizo un movimiento soez con sus manos indicando una distancia horizontal de aproximadamente treinta centímetros.

—¡Mabel! me hacés poner colorada de veras —y

Nené sintió todos sus temores violentamente confirmados. Temores que abrigaba desde su noche de bodas, ¡hubiese pagado por olvidar el ruin ademán que acababa de ver!

—Y eso parece que tiene mucha importancia, Nené, para que una mujer sea feliz.

—A mí me dijo mi marido que no.

—A lo mejor te hizo el cuento... Sonsa, te estoy cachando, no es eso lo que me contaron de Juan Carlos, eso te lo dije para cacharte no más. Lo que me contaron fue otra cosa.

—¿Qué cosa?

—Perdoname Nené, pero cuando me lo contaron juré que nunca, pero nunca, lo iba a decir a nadie. Así que no te puedo contar, perdoname.

—Mabel, eso está muy mal. Ya que empezaste terminá.

Mabel miraba en otra dirección.

—Perdoname, pero cuando hago un juramento lo respeto.

Mabel dividía en dos una masa con el tenedor, Nené vio que el tenedor era un tridente, de la frente de Mabel crecían los dos cuernos del diablo y debajo de la mesa la cola sinuosa se enroscaba a una pata de la silla. Nené hizo un esfuerzo y sorbió un trago de té: la visión literalmente diabólica se desvaneció y la dueña de casa concibió repentinamente una forma de devolver en parte a su amiga los golpes asestados durante la reunión y, mirándola fijo en los ojos, sorpresivamente preguntó:

—Mabel ¿estás realmente enamorada de tu novio?

Mabel titubeó, los breves segundos que tardó en

replicar traicionaron su juego, la comedia de la felicidad estaba terminada. Nené con profunda satisfacción comprobó que se hablaban de farsante a farsante.

—Nené... qué preguntita...

—Ya sé que lo querés, pero de tonta una a veces
pregunta cosas.

—Claro que lo quiero —mas no era así. Mabel
pensó que con el tiempo tal vez aprendería a quererlo
¿pero y si las caricias de su novio no lograban hacerle
olvidar las caricias de otros hombres? ¿cómo serían las
caricias de su novio? para eso debía esperar hasta la
noche de bodas, porque conocerlas antes implicaba
demasiados riesgos. Los hombres...

—Vos Nené ¿lo querés más ahora a tu marido que
cuando eran novios?

El té, sin azúcar. Las masas, con crema. Nené dijo
que gustaba de los boleros y de los cantantes centro-
americanos que estaban introduciéndolos. Mabel hizo
oír su aprobación. Nené agregó que la entusiasmaban,
le parecían letras escritas para todas las mujeres y a la
vez para cada una de ellas en particular. Mabel afirmó
que eso sucedía porque los boleros decían muchas ver-
dades.

A las siete de la tarde Mabel debió partir. Sintió
irse sin ver al marido de su amiga —retenido en la
oficina por negocios— y por lo tanto sin apreciar
cuánto lo habían desfigurado los muchos kilos adqui-
ridos. Nené inspeccionó el mantel de la mesa, tan
difícil de lavar y planchar, y lo halló limpio, sin mancha alguna. Después examinó los sillones de raso, tampoco se habían manchado, y procedió inmediatamente
a colocarles sus respectivas fundas.

Mabel salió a la calle, ya había caído la noche. Como lo había planeado aprovecharía ese rato libre antes de cenar para ver las vidrieras de un importante bazar situado en el barrio de Nené, y comparar precios. Mabel reflexionó, siempre había sido tan organizada, nunca había perdido el tiempo ¿y acaso qué había logrado con tanto cálculo y tanta precisión? Tal vez habría sido mejor dejarse llevar por un impulso, tal vez cualquier hombre que se le cruzaba por esa calle podría brindarle más felicidad que su dudoso novio. ¿Y si tomaba un tren con rumbo a Córdoba? en las sierras estaba quien la amó una vez, haciéndola vibrar cual ninguno. En esa calle de Buenos Aires los árboles crecían inclinados, tanto por el día como por la noche. Qué inútil humillación, era de noche, no había sol ¿por qué inclinarse? ¿habían olvidado esos árboles toda dignidad y amor propio?

Nené por su parte terminó de colocar las fundas a los sillones y levantó la mesa. Al doblar el mantel descubrió que una chispa del cigarrillo de Mabel, la única fumadora, había agujereado la tela.

—¡Qué descuidada y egoísta! —musitó para sí Nené, y hubiese querido revolcarse, proferir un alarido desgarrador, pero delante de sus dos niños sólo pudo llevarse las manos a los oídos para acallar la voz obsesionante de Mabel Sáenz: "... y eso parece que tiene mucha importancia, Nené ¿vos no sabías la fama que tenía Juan Carlos? ...sonsa, te estoy cachando. Lo que me contaron fue otra cosa... pero cuando me lo contaron juré... juré... juré que nunca nunca se lo iba a decir a nadie. Y eso otro te lo dije para cacharte nomás, Nené. LO QUE ME CONTARON FUE OTRA COSA".

Árboles que se inclinan por el día y por la noche, preciosos lienzos bordados que una pequeña chispa de cigarrillo logra destruir, campesinas que se enamoran un día en bosques de Francia y se enamoran de quien no deben. Destinos...

DECIMOCUARTA ENTREGA

...la golondrina un día su vuelo detendrá.

ALFREDO LE PERA

Padre, tengo muchos pecados que confesar
    Sí, más de dos años, no me animaba a venir
        Porque voy a recibir el sacramento
del matrimonio, eso fue lo que me ayudó a venir
        Sí, ayúdeme, Padre, porque con la
vergüenza no consigo nada. Padre, ayúdeme a confesarle todo lo que he hecho   He mentido, le he mentido a mi futuro marido
    Que tuve relaciones con un solo hombre, con
un muchacho que se iba a casar conmigo y después
se enfermó, y no es verdad, lo estoy engañando. ¿Qué
tengo que hacer, Padre?   Pero si se lo
digo lo voy a hacer sufrir, sin ningún provecho para
nadie   Pero cuando la verdad no sirve
más que para hacer sufrir, ¿hay que decirla lo mismo?   Lo haré, Padre, pero tengo otra
mentira muy grande que confesarle, una mentira tan
grande...   No, Padre, el pecado de lujuria ya lo había confesado, de ese pecado ya estoy
limpia, otro Padre Cura me absolvió
He mentido ante la Justicia   Ante el
Juzgado de Primera Instancia de la Provincia de Buenos Aires   ¡No! eso no puedo hacerlo,
Padre   No, la verdad no serviría

más que para hacerme sufrir más a mí y a todos

Padre, yo se lo cuento todo, sí, a Usted se lo cuento todo   Sí, Padre

¿Por qué, Padre?   Yo vivía con mi familia en un pueblo de la provincia, y de noche entraba a mi habitación un hombre que trabajaba en la Comisaría   No, Padre, no estaba enamorada de él   Ayúdeme, Padre, no sé por qué lo hacía   Sí, Padre, era para olvidar a otro   Sí, Padre, al otro lo quería pero estaba enfermo y lo abandoné, porque tenía miedo de contagiarme   Él ocultaba que escupía sangre   Le hice un bien, Padre ¿no le parece?   ¿A su lado?

No sé, Padre. Sí lo quería pero cuando vi que estaba enfermo no lo quise más. Padre, tengo que ser sincera ¿si no para qué estoy acá? ¿no le parece?

Bueno, yo quería tener una casa y familia y ser feliz, Padre ¡yo no tengo la culpa si lo dejé de querer!   Sí, Padre, soy débil, y pido perdón   Ese hombre que le dije venía a mi habitación   No, el enfermo no, el otro, el policía   No, el enfermo no era policía. Y una noche de calor que dejé la ventana abierta lo vi que me miraba desde el jardín: se había metido en mi casa   No, no tuve fuerzas para alejarlo, y empezó a venir cuando se le daba la gana, ¿qué tengo que hacer para ser perdonada, Padre?   No, mentí a la Justicia por otra razón. Resulta que ese muchacho era el padre de un hijo natural de mi sirvienta, que llegó de vuelta de Buenos Aires cuando yo ya había caído en la

tentación con él   No, volvió porque yo
la llamé, mejor dicho mi mamá   No,
ella había trabajado con nosotros antes, cuando quedó
embarazada   No, yo no le podía decir
nada a él porque en ese tiempo yo todavía no lo conocía, lo conocí después, cuando él empezó a trabajar
en la Policía   No, durante el proceso
no, yo lo conocí antes, porque cuando el proceso él
ya estaba muerto, era el proceso por el asesinato de
él   Sí, empiezo de nuevo. Cuando llegó
de vuelta la sirvienta   De Buenos Aires,
porque mi mamá la llamó, yo me di cuenta de que
corríamos peligro de que ella nos viera
No, mi mamá no, tenía la pieza lejos, ¡la sirvienta!
porque lo odiaba al muchacho. Entonces le dije a él
que yo tenía miedo, pero siguió viniendo a verme.
La sirvienta oyó ruidos una noche pero no se dio
cuenta de nada, pero otra noche oyó los mismos ruidos
y salió al patio. Entonces lo alcanzó a ver a él que
saltaba el tapial ya de vuelta para la Comisaría y oyó
el ruidito de mi ventana que se cerraba.
Sí, ya para entonces era invierno.   Ella
se dio cuenta y a la noche siguiente se quedó en el
patio, con un frío terrible, esperando que él saliera
de mi pieza   Él se iba antes de aclarar
el día. Aquella noche fatal yo me había quedado dormida, él me despertó cuando ya estaba listo para saltar de la ventana al jardín, así yo cerraba la ventana.
Fue ese famoso invierno del año 39, que hizo tanto
frío. Yo estaba de nuevo acomodándome para seguir
durmiendo cuando oí unos gritos espantosos de dolor.
Me levanté de un salto y abrí la ventana. Ya no se

oía más nada, la sirvienta había tenido el atrevimiento
de esperarlo y le había dado dos puñaladas

Sí, llamé a papá y mamá, yo lógicamente tenía
miedo de que la sirvienta viniera y me matara a mí.

Pero vi que papá iba y se le acercaba
adonde estaba ella, arrodillada al lado de él, tirado
muerto, con la cuchilla de la cocina clavada en el
corazón. Ella estaba quieta, mi papá se le acercó y le
pidió que desclavara la cuchilla y se la diera. Ella
le hizo caso y mi papá sin ensuciarse agarró la cuchilla por la hoja con dos dedos y a ella la llevó de un
brazo para adentro de la casa. Mi mamá le preguntó
qué había hecho y la sirvienta estaba como idiotizada,
no reaccionaba con nada. Mi mamá me pidió que le
trajera perfume y alcohol para hacerle oler. Yo estaba
muerta de miedo de que papá y mamá se dieran
cuenta de lo que había pasado. En el baño vi el fras-
quito de pastillas para dormir, de "Luminal". Agarré
dos pastillas y las llevé escondidas en el puño. Le dije
a mi mamá que yo no encontraba nada, porque en
realidad mi mamá tiene la manía de guardar todo
y a veces yo no encuentro las cosas, entonces fue ella
a buscar el perfume y el alcohol. Yo le puse las pastillas en la boca a la sirvienta y se las hice tragar. Pero
estaba atragantada, mi mamá llegó y le dio un vaso
de agua pero no se dio cuenta qué era, y eso que
mamá de tonta no tiene nada. Al ratito la sirvienta
se quedó dormida. Cuando la Policía me preguntó
qué había pasado no sé de dónde saqué el coraje...
y les mentí. Les dije que el muchacho había querido
abusar de la sirvienta y que ella se había defendido
con la cuchilla. ¡Ay, Padre! todo yo lo había imagi-

nado más de una vez, yo ya me había imaginado que eso podía pasar, y él no me hacía caso

No, la sirvienta se despertó recién a la mañana siguiente, yo pasé toda la noche al lado de ella, y el médico, de tanto que le dije, no dejó que la llevaran a la Policía, y quedó un Cabo vigilando que se iba a la cocina a comer a cada rato. Porque usted no sé si habrá visto que los policías y los médicos están habituados a las desgracias y no se inmutan. Y los curas, perdón, los sacerdotes también se controlan mucho. Cuando se despertó la pobre le dije que si contaba la verdad la iban a condenar a cadena perpetua y no iba a ver más al hijo. Le expliqué hasta que lo entendió que no dijera nada que el muchacho había estado en mi pieza, que él había saltado el tapial para verla a ella, para abusarse otra vez, que ya no valía la pena vengarse de mí, lo que tenía que hacer era salvarse ella para poder darle todos los gustos —un modo de decir— a su nenito, y le expliqué bien claro todo lo que tenía que poner en la declaración. Me miraba sin decir nada. Y todo salió bien. Me entendió que tenía que mentir para que la soltaran. Y todos se creyeron que fue, en legítima defensa. La verdad la supieron nada más que ella, el abogado y yo, y por supuesto el muchacho muerto   El que murió   ¿Cuál enfermo?

No, el que yo dejé no se ha muerto, todavía vive pobre muchacho, yo digo el otro   ¡el que mató la sirvienta!   No, Padre ¿de qué serviría?   ¿Pero para qué si la pobre lo hizo de puro ignorante que es? ¿Usted cree que Dios no la ha perdonado?   ¿Y Dios no ten-

drá otro modo de castigarla? ¿tiene necesariamente
que castigarla la Justicia?   Sí, Padre,
tiene razón, la verdad tiene que saberse
Bueno, Padre, se lo prometo, contaré toda la verdad
¿a quién voy a ver?   No me acuerdo
del nombre del Juez   Creo que no murió de la primera puñalada, de la segunda
          Es posible que unos segundos haya vivido
               ¿Ya Dios perdona por un solo segundo
de arrepentimiento?   Entonces lo haré,
Padre, así se acortan sus sufrimientos en el Purgatorio
               Padre ¿Usted cree que él tuvo ese se-
gundo de arrepentimiento? porque si no lo tuvo habrá ido al infierno y ahí nadie lo puede ayudar, por
más que nos la pasemos rezando los que estamos vivos
               ¿Qué cosa?   ¿Y qué
puedo hacer por él?   Sí, son muy pobres   Debe tener tres o cuatro años
          Sí, en esos rancheríos se hacen ladrones,
malandrines   Eso cuando esté en edad
escolar   Sí, lo prometo
¿Hasta cuando pueda?   Sí, Padre, le
prometo las dos cosas: iré a decir toda la verdad
y me encargaré de la educación de ese pobrecito
          Sí, Padre, estoy arrepentida
     De todo   Diez Padrenuestros y diez
Avemarías, y dos Rosarios todas las noches
          Sí, Padre, me doy cuenta, sé que soy débil
               ¿Pero qué culpa tuve yo si no lo quise
más?   ¿Me tenía que casar con un muchacho enfermo si no lo quería? ¿no es un pecado
casarse sin querer a un hombre? ¿no es engañarlo?

¿engañarlo no es pecar?   Sí, estoy convencida   Gracias, Padre, lo prometo
           En el nombre del Padre, del Hijo y del
Espíritu Santo, Amén.

El día sábado 18 de abril de 1947, a las 15 horas,
Juan Carlos Jacinto Eusebio Etchepare dejó de existir.
Junto a él se encontraban su madre y su hermana, a
quienes había venido a visitar en Semana Santa como
todos los años, porque el comienzo del otoño era la
época recomendada por los médicos para sus breves
permanencias en Coronel Vallejos. No había dejado
su habitación durante los últimos cuatro días debido a
un profundo agotamiento físico. A mediodía había co-
mido con más apetito que de costumbre, pero un dolor
agudo en el pecho lo despertó de su siesta, llamó a su
madre a gritos y a los pocos instantes dejó de respirar,
asfixiado por una hemorragia pulmonar. El Dr. Malbrán llegó diez minutos después y lo declaró muerto.

El ya mencionado día sábado 18 de abril de 1947,
a las 15 horas, Nélida Enriqueta Fernández de Massa
pasó un trapo enjabonado por el piso de la cocina de
su departamento en la Capital Federal. Había terminado de lavar los platos y utensilios de cocina correspondientes al almuerzo y estaba satisfecha de haber
hecho su voluntad, pese a la oposición del marido.
Éste se había quejado una vez más de que la mucama
no trabajase los sábados y le había pedido a su esposa
que dejara el lavado de los platos para después de la
siesta. Nené había replicado que la grasa fría y en-

durecida era mucho más difícil de quitar y él de malhumor había continuado la discusión aduciendo que más tarde la entrada de ella en el dormitorio lo despertaría y no podría volver a conciliar el sueño que tanto necesitaba para calmar sus nervios. Nené había respondido finalmente que para evitar molestias, después de terminar con la cocina, se acostaría en la cama de uno de los niños.

El ya mencionado día sábado 18 de abril de 1947, a las 15 horas, María Mabel Sáenz de Catalano, aprovechando la presencia de su madre en la Capital Federal para celebrar juntas la Semana Santa, la dejó a cargo del lavado de la cocina y llevó a su hija de dos años a tomar sol a la plaza. Como ya lo temía, no estaba abierto el negocio de artículos para hombre, situado en la esquina, donde trabajaba el joven vendedor con quien tanto simpatizaba.

El ya mencionado día sábado 18 de abril de 1947, a las 15 horas, los despojos de Francisco Catalino Páez yacían en la fosa común del cementerio de Coronel Vallejos. Sólo quedaba de él su esqueleto y se hallaba cubierto por otros cadáveres en diferentes grados de descomposición, el más reciente de los cuales conservaba todavía el lienzo en que se los envolvía antes de arrojarlos al pozo por la boca de acceso. Ésta se encontraba cubierta por una tapa de madera que los visitantes del cemetnerio, especialmente los niños, solían quitar para observar el interior. El lienzo se quemaba poco a poco en contacto con la materia putrefacta y al cabo de un tiempo quedaban al descubierto los huesos pelados. La fosa común se hallaba al fondo del cementerio lindando con las más pobres sepulturas de tierra; un cartel de lata indicaba "Osario" y diferentes clases de yuyos crecían a su alrededor. El cementerio, muy alejado del pueblo, estaba trazado en forma de rectángulo y lo bordeaban cipreses en todo su contorno. La higuera más próxima se encontraba en una charca situada a poco más de un kilómetro, y dada la época del año se la veía cargada de frutos maduros.

El ya mencionado día sábado 18 de abril de 1947, a las 15 horas, Antonia Josefa Ramírez decidió matar al pollo colorado del gallinero porque el pollo bataraz que ya había separado, con las patas atadas en un rincón del corral, estaba un poco flaco y la clienta se lo había encargado muy carnoso. Le pidió a una niña de siete años, descalza, que lo corriera y agarrara. Era la hija menor del viudo con quien vivía en concubinato desde hacía cerca de dos años, vecino del rancho de su tía. Raba no quería distraer al niño mayor, de doce años, que estaba punteando la tierra en la huerta, y los otros dos niños intermedios, de once y nueve años, se encontraban en el pueblo trabajando como mandaderos de un almacén y una fonda respectivamente. Su propio hijo, Francisco Ramírez, contaba nueve años y se desempeñaba como repartidor de diarios. Raba por lo tanto debía servirse de la niña más pequeña, ya que el embarazo avanzado le impedía correr detrás de los animales del corral.

★

El cajón que contenía los restos de Juan Carlos Jacinto Eusebio Etchepare fue colocado en uno de los nichos del paredón blanco levantado para ese uso, meses antes, en el cementerio de Coronel Vallejos, a pocos pasos de la entrada principal. El paredón contaba con cuatro hileras horizontales de nichos y el cajón fue colocado en la tercera hilera, cotizada como la de más precio por estar las inscripciones a la altura de la vista de quien visitara el lugar. Pocos nichos estaban ocupados.

La lápida de mármol blanco contaba con el adorno de dos floreros de vidrio sostenidos por sendos brazos de bronce atornillados al mármol. En bajorrelieve estaba grabada la inscripción correspondiente al nombre y a las fechas de nacimiento y muerte del difunto y lucían algo apretadas, debido al poco espacio disponible, cuatro placas recordatorias en bronce de diferente diseño.

La placa colocada en el ángulo superior izquierdo tenía forma de libro abierto colocado sobre ramas de muérdago y de las páginas surgían en altorrelieve las letras onduladas: "¡JUAN CARLOS! AMISTAD fue el lema de tu vida. A tu última morada vaya este homenaje de acendrado cariño. Por tu gran camaradería no te borrarás nunca de la memoria de tus compañeros del Colegio N.º 1 y esperamos que la inmensa desdicha de haberte perdido no nos haga olvidar la dicha de haberte conocido... Tu recuerdo es un rosario cuyas cuentas comienzan y terminan en el infinito."

La placa colocada en el ángulo superior derecho tenía forma rectangular. Junto a una antorcha en relieve aparecía la inscripción dispuesta en líneas rectas paralelas: "JUAN CARLOS J. E. ETCHEPARE Q.E.P.D. Falleció el 18-4-1947. Esta vida es un sueño, el verdadero despertar es la muerte que a todos iguala. Sus superiores, camaradas y amigos de la Intendencia Municipal, a su memoria."

La placa colocada en el ángulo inferior izquierdo era cuadrada y tenía como único adorno una cruz: "¡JUANCA! con tu partida no sólo he perdido a mi hermano querido, sino a mi mejor amigo de esta, desde ahora, mi pobre existencia. Tu recuerdo inolvidable tiene en mi corazón un templo que recibirá perennemente el incienso de mis lágrimas... Eternamente tu alma buena sea desde el más allá la guía de tu hermanita DIOS LO QUISO   CELINA."

La placa restante, colocada en el ángulo inferior derecho, consistía en una figura de ángel con los ojos cerrados y los brazos cruzados sobre el pecho, suspendido en una nube a la que llegaban rayos desde lo alto. La incripción decía: "¡Silencio!   mi hijito duerme   Mamá."

★

...él me miraba siempre cuando yo pasaba por el bar, a casa de vuelta de hacer los mandados... Dios te salve, María, llena eres de gracia, el Señor es contigo, bendita Tú eres entre todas las mujeres y bendito sea el fruto de tu vientre Jesús. Santa María, Madre de Dios, ruega por nosotros pecadores ahora y en la hora de nuestra muerte amén. ...Porque llueva y no se seque el pasto, porque mi abuela se cure, porque no vuelvan las langostas que se comen todo, porque no haya más plaga de tucura ¡a los trece años, Santa María Madre de Dios, qué sabía yo lo que eran los hombres! y desde entonces todos los días pedí que se muriese, y pido perdón de todo corazón que estoy arrepentida de haberle deseado la muerte a ese pobre muchacho que se murió ayer, que tanto lo odiaba ¡hace tantos años! el 14 de setiembre de 1937, ya hizo nueve años, mamá, y hay una cosa que nunca te conté, pero prometeme que vas a ser buena conmigo después que te lo diga ¡nunca se lo pude contar a nadie! él me miraba siempre si yo pasaba por el bar, y hoy ante todo pido salud para mi familia, que a los frutales les caiga lluvia, que broten las semillas, que la cosecha nos dé este año un poco más que el año pasado, después de hacer los mandados, sabés mamá, al pasar por el bar si él no se daba cuenta yo lo miraba pero un día no estaba más y pasaron no sé cuantos meses y la de al lado lo vio bajar del expreso ¡tostado del sol! ¿adónde estuvo tanto tiempo?... a las cinco es de noche en invierno, en una calle oscura a una cuadra del bar ¿será que me está siguiendo? "vos sos de la chacra que está detrás de la vía ¿verdad? ya sos una señorita" y me empezó a hablar... que había estado en una estancia paseando, vos sabés mamá, él había llegado el día antes en el expreso y estaba muy amargado me dijo, porque había tenido una gran desilusión... en la esquina de casa, todas las cuadras ya por el descampado me contaba del baile de la Primavera, y él estaba seguro de que yo iba a salir Reina de la Primavera cuando tuviera quince años, estaba muy amargado esa noche, se había peleado con la Nené ¿vos te acordás de ella, mamá? era una empaquetadora de Al Barato Argentino, hace muchos años que ya no vive más acá. "Qué amargura tengo" me decía ese muchacho, y no me acuerdo de más nada ¿prendida fuego? ¿borracha? ¿dormida? tenía cara de bueno, mamá ¿vos no te acordás? yo tenía trece años, cuando entré te enojaste porque había tardado tanto, yo te pelé las papas lo más rápido que pude, y piqué la cebolla y pelé el ajo, lo corté en pedacitos, vos me mirabas, mamá ¿no te acordás que yo entré a casa temblando? porque corrí un poco que era tarde, fue la mentira que le dije a mi mamá ¿y si mi mamá se pone muy triste cuando yo le cuente todo? ese muchacho que se murió ayer se aprovechó de mí ¿entendes, mamá? me hizo lo peor que le puede hacer un muchacho a una chica, me sacó la honra para siempre ¿no me lo vas a creer? al cielo le pido ante todo salud para toda la familia, y si me puedo aguantar sin decirle nada a mamá sería mucho mejor ¿a las cinco de la tarde volví a pasar al otro día? para preguntarle muchas cosas... si ya él estaba enojado del todo con la Nené... pero no me saludó, no me siguió y nunca más me volvió a hablar, mamá ¡una sola vez caminó al lado mío! porque se había sacado las ganas el desgraciado ¡y que se muera! ...Ave María purísima, yo le deseé la muerte y alguien me habrá oído?... quiero quitarme el pecado, él no tuvo la culpa, fui yo que me dejé tentar ¡que no haya sido por mí que se murió ese muchacho! mamá, yo no te voy a contar nada ¿para qué? te vas a amargar como yo, si Dios me ayuda me voy a quedar callada. ¿Qué le pasaba aquel día a ese muchacho? "qué amargura tengo" me decía caminando al lado mío, pero después de ese día nunca más me volvió a hablar...

Dios del alma, ayudame en este momento, que se me fue mi hijito, y no aguanto más de la pena, me voy a morir yo también, y te pido que lo tengas en tu reino, porque no se alcanzó a confesar, y estará cargado de pecados, pero escúchame Dios mío querido, que yo te voy a rezar hasta que me muera, y a la Santísima Madre de Dios, Virgen María adorada, que sabe la pena de perder a un hijo joven, y mi hijo no era un santo como el tuyo, Madre de Jesús, pero no era malo, yo siempre le dije que fuera más a misa, que comulgara, y lo peor es que era tan... chiquilín, lo que él quería era divertirse siempre, ir con las chicas, ellas tienen más la culpa que él, Virgen Santa, nosotras dos somos mujeres y no podemos condenar a un muchacho porque sea así, los hombres son así ¿no es la verdad? son las malas mujeres las que tienen la culpa... y yo no lo puedo saber, pero Dios que está en las alturas y ve todo sabrá la verdad de la plata esa, Virgencita del Carmen, vos que sos Patrona de esta iglesia, ayudame en este momento, porque tengo miedo de que mi hijo no esté descansando, que esté sufriendo, por esa plata que sacó de la porquería de Intendencia, y nunca se confesó después de eso, ojalá en Córdoba se haya confesado alguna vez, pero yo le pregunté y él... porque es un chiquilín... me dijo que no. ¿Habrá sido por no dar su brazo a torcer? hay tantas lindas capillitas en Córdoba me dijo mi nene, en alguna se habrá metido para rezar y pedir perdón, pero por no darme el gusto me mintió, que a la iglesia no había entrado nunca más, y yo tengo miedo de que Dios no lo quiera por ladrón, cuando la verdad es que alguna mala mujer habrá estado tentándolo para que hiciera eso, total poco a poco la hermana fue devolviendo todo ¿lo que se roba y se devuelve sigue siendo pecado? Virgencita del Carmen hablale vos a Nuestro Señor y explicale que mi pobre hijito estaba cegado por la rabia de que no le dieran la licencia y aprovechó un descuido para llevarse esa plata, pesos roñosos, que seguro alguna se los estaba pidiendo... Virgencita del Carmen, no sé si vos habrás sido también madre, como la Virgen María, entonces sabrás lo que sufro, de pensar que en estos momentos le esté pasando algo malo, ya sufrió tanto con la tos y el ahogo en este mundo, Virgencita, ¿va a seguir sufriendo en el otro mundo también?

Dios Padre Todopoderoso, Creador del Cielo y de la Tierra, rezo por el descanso de mi difunto marido, hace tanto que me dejó sola en este mundo, y a quien tanto quise, después para sufrir sola tantos desengaños, Señor, que tan distinta habría sido mi vida si no me hubiese quedado sola. Pero esa fue tu voluntad, tal vez para que sufriendo me diera cuenta de todo lo que había perdido, y ahora sí, lo que es un hombre bueno no lo paga nadie. Él estará en tu santa gloria, te ruego que también te acuerdes de hacer de mi hija una buena esposa y madre, que es muy buena y nunca deje de serlo, y salió buena como el padre, y a mis dos nietos, que crezcan sanos y buenos, como te lo pido todos los días. Para mí no pido nada, si la pensión se vende que se venda, no me importa nada, si va a remate que vaya, total ya estoy cansada de estar en las sierras, lo único que pido es salud, así puedo trabajar y no ser una carga para mi hija, que no quiero que se entere que estoy en la calle... Yo pido salud, y que si me rematan la pensión me quede algo después de pagar la hipoteca, y se lo doy a mi chica, que algo le corresponde de lo poco que dejó el padre... Siento vergüenza de pedir otra cosa, para ese pobre muchacho, que viví en pecado con él, y ahora no está más. Y yo lo perdono, Dios mío, era un cabeza hueca, yo no quiero tenerle rencor, ya se murió, ya no le puede hacer mal a nadie, y yo no me quejo de nada, porque me las voy a aguantar, si hice una macana ya me las voy a aguantar, porque es el castigo que me merezco. Porque una cosa es tirar a la bartola lo que era mío, pero tirar lo de mi nena ni yo me lo perdono. Si yo sabía que él no tenía cabeza para la plata ¿por qué le hice caso de hipotecar lo que era también de la nena? Yo no pido nada para mí, nada más que salud, que no tenga que ser una carga para mi yerno, así puedo trabajar, de lo que sea. Pido nada más que para mi hija, que esté bien, y para los chicos, y para ese pobre muchacho que esté descansando, porque yo de veras no le tengo ningún rencor.

Padre Nuestro que estás en los cielos, santificado sea el Tu Nombre, vénganos el Tu reino, hágase tu voluntad así en la tierra como en el cielo. El pan nuestro de cada día dánoslo hoy, y perdona nuestras deudas así como nosotros perdonamos a nuestros deudores, y no nos dejes caer en la tentación, mas líbranos del mal, amén. Pero no puedo conformarme, no puedo, Jesús, porque él no tuvo culpa de nada, fue todo por culpa ajena, mi hermano era bueno, y ahora estamos solas mamá y yo, y cuando una enfermedad viene por voluntad del destino es distinto, pero cuando viene porque alguien lo provoca entonces yo no me puedo conformar: si aquélla no lo hubiese tentado y tentado... esto no habría sucedido. Jesucristo, yo pido que se haga justicia, que esa mujer tenga su merecido ¡un muchacho débil, resfriado, y ella lo hacía quedar en ese portón horas y horas, hasta la madrugada, lo hacía quedar con sus malas artes! yo pido que pronto esa mujer tenga su merecido, porque si no no voy a poder seguir viviendo, del odio que le tengo, y también estoy segura de que fue por ella que él robó en la Intendencia ¡se lo habrá pedido ella! para escaparse con él, por eso habrán fingido pelearse y que nunca se me cruce en mi camino porque no respondo de mis actos ¡que el cielo no lo permita! ¡no quiero saber dónde está, si vive o está muerta! pero que no se me cruce en mi camino porque la voy a despedazar...

DECIMOQUINTA ENTREGA

*...azul, como una ojera de mujer,
como un girón azul, azul de atardecer.*

AGUSTÍN LARA

Coronel Vallejos, 21 de agosto de 1947

Querida Nené:

Espero que estas líneas te encuentren con salud.
Ante todo te pido perdón por haberme demorado tanto en contestar a tus cartas, pero te puedes imaginar
bien la razón, cuando se trata de alguien con mis años.
Achaques hijita, que no me dejan hacer todo lo que
quiero, cada vez menos.

Resulta que estuve un poco resfriada y no podía ir
al correo, y no quiero confiarme en nadie, así que
recién hace pocos días retiré tus cartas de la casilla,
tengo que cuidarme tanto de Celina, que no vaya a
sospechar. Y cómo me apena saberte a ti también
mortificada porque el inocente se nos ha ido y la culpable está viva, pero yo creo que debemos dejar que
el destino se encargue de darle su merecido a esa mujer viciosa, no pensemos más en quién pudo haber
sido, ¿para qué desenmascararla? el mal está hecho.

Mejor es que nos escribamos contándonos nuestras
cosas y acercándonos cada vez más. Yo querida qué
puedo decirte, mi vida está terminada, me ayudan

nada más las amigas como tú, que son tan buenas en recordarme, y también en recordar a Juan Carlos, que Dios lo tenga en su gloria..

En tu carta de la fecha más reciente te noto un poco ofendida, pero ahora verás que si no te escribía era por razones de salud. Deseo tanto que tu vida matrimonial vaya mejor ¿qué es lo que pasa entre ustedes dos? A lo mejor yo con mi experiencia puedo aconsejarte. Yo creo que hasta es posible ser feliz al lado de un hombre al que no se quiere, basta saberse comprender y perdonar. ¿Él tiene algún defecto muy feo? me refiero a defectos de carácter. A mí también me viene esa tristeza a la tarde ¡qué horas que no pasan nunca! entre las cuatro y las ocho de la noche, desde que empieza a oscurecer hasta la hora de cenar, me la paso buscando alguna tontería que hacer, algún zurcido, alguna costurita liviana. ¿Y tus chicos no te ayudan a vivir más contenta? ¿te han defraudado en algo?

Perdoname que sea tan entrometida, pero como te estoy tomando un gran cariño querría saber de tu vida, y poder ayudarte aunque sea con mis ruegos.

Perdón también por haberte hecho esperar con mi respuesta. Por favor escribime pronto y recibe todo el cariño de

Leonor Saldívar de Etchepare

Postdata: me olvidaba agradecerte que me recordaras el deseo de Juan Carlos de ser cremado. Debemos olvidar todo egoísmo y hacer su voluntad, aunque no esté de acuerdo con nuestras creencias ¿no es así?

Antes de escribir el sobre mira a su madre, tejiendo sentada en un sillón a varios metros de distancia. El ritmo del tejido es sostenido, no denota cansancio, lo cual hace pensar que la anciana continuará sentada algunos minutos más. Se apresura a escribir el sobre antes de ser descubierta y sale rumbo al correo después de decir a su madre que va a la farmacia.

★

Coronel Vallejos, 10 de setiembre de 1947

Queridísima Nené:

¡Qué alegría recibir tu cartita cariñosa! Me alegro de saber que has perdonado mi demora en escribirte y te agradezco que me tengas tanta confianza para contarme tus problemas: Yo también necesito alguien en quien confiar. ie, Nené, porque mi hija me tiene tan preocupada. Resulta que ha venido el Dr. Marengo, un médico joven que era de Buenos Aires, y está acá trabajando en el sanatorio nuevo, un muchacho muy simpático y de mucho porvenir, y buen mozo que todas las chicas lo persiguen, bueno, y el otro día vino a pedirme la mano de Celina. Pero es un desconocido, y yo estoy tan preocupada, que le pedí unos meses, por lo menos los meses de luto, para decidirme a aceptarlo. Celina es muy obediente y aceptó mis condiciones. ¿Te parece que hice bien? Ojalá sea un buen muchacho, porque entonces Celina se casará con uno de los mejores partidos del pueblo.

Te ruego que no sufras por la cremación de Juan Carlos, eso si se realiza te lo comunicaremos a su debido momento. Fue su voluntad y habrá que respetarla, pese a quien le pese. Sé que estás pasando momentos difíciles ¡qué duro es ser madre de varones! Pero no me dices nada de tu marido, no lo nombras siquiera una vez ¿ocurre algo desagradable? Sabes que en mí puedes confiar.

En la carta anterior olvidé decirte que estoy buscando y clasificando todas las cartas de Juan Carlos encontradas, de modo que puedes estar tranquila: muy pronto te las enviaré.

Ahora te voy a pedir un favor, que me indiques la dirección de la oficina de tu marido, si eres tan gentil, porque aquí la señora de Piaggio se va pronto a la Capital y quiere comprar un terreno, y yo le dije que tu marido era rematador. Para ella será una tranquilidad tratar con un conocido. Desde ya te lo agradezco.

Sin más que contarte me voy a despedir de ti hasta la próxima. Necesito mucho tus noticias, sobre todo desde que pienso que mi hija se me va a ir de casa ¿habré encontrado en ti a otra hija? Dime también qué piensas del posible casamiento (no quieren saber nada de compromiso) con ese muchacho, a pesar de que no tienes trato con Celina, sé que eres buena y te alegrarás ¿no es verdad? ¡casada con un médico! Lo que todas las chicas sueñan.

Te abraza y besa,

Leonor Saldívar de Etchepare

234

Escribiendo con el abrigo único del camisón, su cuerpo se ha enfriado y tirita.
Piensa en la enfermedad del hermano,
iniciada con un resfriado. Su madre
duerme en la cama vecina. Esconde el
sobre dentro de una de las carpetas de
deberes pertenecientes a sus alumnos.
Se acuesta y busca con los pies la bolsa
de agua caliente. Al día siguiente, volviendo de la escuela, pasará por el correo
para despachar la carta.

★

Coronel Vallejos, 26 de setiembre de 1947

Señor:

Aquí le mando estas cartas para que se entere de
quién es su esposa. Ella a mí me hizo un gran mal y
no voy a dejar que se lo haga a usted o a quien sea,
sin recibir el castigo que merece.

No interesa quién sea yo, aunque le resultará fácil
darse cuenta. Ella se cree que va a salir siempre con la
suya, alguien tiene que cantarle las cuarenta.

Lo saluda con respeto,

Una amiga de verdad

La puerta está cerrada con llave, el chorro de la canilla del agua fría cubre todos
los ruidos. Sentada en el borde de la bañadera pasa a escribir la dirección en el

sobre de tamaño oficio: "Sr. Donato José Massa, Inmobilaria B.A.S.I. Sarmiento 873 4to. piso Capital Federal". Toma dos cartas con dedicatorias "Querida Doña Leonor" y firma "Nené". De la primera carta subraya el siguiente párrafo:

«A veces con los chicos míos escuchando todas las tonterías inocentes que dicen una se da cuenta de cosas que nunca pensó. Mi nene más chico siempre está cargoseando con preguntas, a mí y al hermano nos pregunta cuál es el animal que nos gusta más, y cuál es la casa que nos gusta más, y cuál el auto, y la ametralladora o el revólver o el fusil, y el otro día de golpe me dijo a mí (que estábamos solos porque anda gripe en el colegio y él está resfriado), de golpe, "mami, qué es de todo el mundo la cosa que más te gustó de todas", y yo en seguida pensé en una cosa, claro que no se la pude decir: la cara de Juan Carlos. Porque en la vida para mí lo más lindo que he visto es la cara de Juan Carlos, que en paz descanse. Y mis nenes tan feúchos que son, de bebitos eran ricos pero ahora tienen los ojos chiquitos, la nariz carnuda, se parecen cada vez más al padre, y hasta me parece que no los quiero de verlos tan feos. Por la calle si pasa alguna madre con un chico lindo me da rabia... Mis nenes cuando van adelante mío mejor, me da vergüenza a veces que me hayan salido así.»

De la segunda carta subraya lo siguiente:

«...y ni bien oigo los pasos en el pasillo ya me quiero morir. Todo lo que yo hago está mal para él ¿y él qué tiene de tan perfecto? No sé qué le pasa, se debe dar cuenta de que no lo quiero y por eso está tan malo conmigo... Pero Doña Leonor, yo le juro que hago lo posible por ocultarle el asco que me da, pero claro que cuando se pone malo conmigo, y con los chicos, ahí sí que le deseo la muerte. No sé cómo hace Dios para decidir quiénes son los que se tienen que morir y quiénes van a seguir viviendo. Cuánto debe sufrir usted, que le tocó que se le muriera el hijo.

¿Será cierto que cuando uno pide algo no lo consigue si se lo dice a otro? Lo mismo se lo voy a contar a usted, porque al final es como si fuera yo misma. Bueno, resulta que los nenes siempre que ven pasar un caballo blanco dicen "caballito blanco, suerte para mí" y hacen dos pedidos en voz baja, y ayer venía de la feria y vi un caballo blanco y pedí dos cosas ¿Dios no me las dará si las digo? Bueno, pedí primero que si en el otro mundo después del Juicio Final me perdona Dios, porque a Juan Carlos seguro que lo perdona, entonces que me pueda reunir con él en la otra vida. Y la segunda cosa que pedí es que mis nenes a medida que vayan creciendo se pongan más lindos así los puedo querer más, no digo lindos como Juan Carlos pero no tan feos como el padre. Cuando recién nos casamos no era tan feo, pero con los años y más gordo no se lo reconoce. Pero nunca se sabe cómo van a ser los chicos de grandes ¿no? no se puede estar segura.

Si tan siquiera Usted estuviera más cerca para poder desahogarnos juntas. Lo único que me consuela es que un día todo se va a terminar porque me voy a morir, porque de eso sí puedo estar segura ¿no? un buen día todo se va a terminar porque me voy a morir.»

Vuelve a doblar las dos cartas y junto con la escrita por ella misma las coloca en el sobre de tamaño oficio ya preparado. Toma otro sobre del mismo tamaño y escribe la dirección, Sra. Nélida Fernández de Massa, Olleros 4328 2do. B Capital Federal. Toma seis cartas con dedicatoria "Querida mía", etc. y firmadas "Juan Carlos". Las coloca en el segundo sobre y considera terminada su tarea. Sale del baño con ambos sobres escondidos entre su pecho y la salida de baño.

—¿Por qué tardaste tanto?

—Me estaba depilando las cejas. ¿Te faltan las mangas nada más?

—Sí, prendé la estufa, nena. Tengo frío.

—Ya es primavera, mamá.

—¡Qué me importa el almanaque! Yo tengo frío.

—Mamá, me dijeron una cosa... que me puso muy contenta.

—¿Qué cosa?

—Me dijeron que aquella asquerosa de la Nené está en líos con el marido.

—¿Quién te dijo?

—Se dice el pecado pero no el pecador.

—Nena, no seas así, contame.

—No, me hicieron jurar que no dijera nada, conformate con que te digo eso.

—¿Y qué será de la vida de ella? ¿sabrá que falleció Juan Carlos?

—Sí mamá, debe saber.

—Podría haber escrito para darnos el pésame, Mabel escribió. Será que tiene mucho que hacer con los chicos ¿cuántos tiene? ¿dos?

—Sí mamá, dos varones.

—Nunca se va a quedar sola, entonces. Siempre va a tener un hombre en la casa. ...Yo no la entiendo a la madre de Nené quedarse acá en Vallejos teniendo esos dos nietos en Buenos Aires. Si vos te hubieses casado sería distinto...

—Mamá, no empieces de nuevo. Y te voy a contar una cosa, pero no te enojes.

—No me enojo, decime.

—Nené mandó el pésame, pero yo no te lo mostré, para que no te acordaras de esas cosas de antes.

—Así que se acordó, pobre.

—Sí mamá, se acordó.

—Ay... si yo tuviese nietos no estaría como estoy... Al hijo me lo llevó Dios y la hija no vaya a ser que se me quede sola, si yo me muero vos sabés bien cuál va a ser mi preocupación...

—Mamá...

—Sí, mamá, mamá, tenés que ser más despierta con los muchachos, tantos que conocés y todos nada más que amigos. Coquetéales un poco.

—Y si no gustan de mí qué le voy a hacer...

—¿Y ese doctor Marengo? ¿no me dijiste que te sacaba mucho a bailar?

—Sí, pero como amigo.

—Nena, a mí me vinieron con el cuento de que te habían visto en el auto de él ¿por qué no me lo contaste?

—No, era una pavada, unos días antes de lo de Juan Carlos. Creo que llovía, y a la salida de la novena me acompañó.

—Yo tengo ganas de conocerlo, dicen que es muy simpático.

—Sí, mamá, pero está comprometido para casarse, la novia es de Buenos Aaires...

—Nena ¿por qué te ponés así?

—Es que me sacás de quicio, mamá.

—Estás muy nerviosa, una chica tan joven y tan nerviosa.

—No soy tan joven ¡y terminala!

—Vení, nena, no te enojes conmigo... No te encierres en la pieza otra vez...

—Buenas tardes, a mí me mandan del Hostal San Roque ¿era acá donde vivía el señor Juan Carlos Etchepare?

—Sí, ¿qué deseaba?

—¿Pero a usted yo no la conozco de alguna parte?

—No sé... ¿Usted quién es?

—La señora de Massa, y mis dos chicos.

—Usted es Nené. ¿No se acuerda de mí?

—No puede ser... Elsa Di Carlo...

—Sí, soy yo la dueña de la pensión. ¿Se van a quedar unos días en Cosquín?

—No sabemos... me parece que no... dejamos las valijas en la estación de micros.

—Yo tengo una pieza con dos camas, pero tome asiento, señora. ¿Cómo encontraron la casa?

—Me mandaron del Hostal, fui ahí y pregunté dónde era que había vivido Juan Carlos estos últimos años.

—Mire, señora, si quiere le pongo otra camita en esa pieza y pueden estar cómodos los tres ¿su marido no viene con usted?

—No, se quedó en Buenos Aires. Pero me parece que seguimos viaje a La Falda, hoy mismo ¿hay micro?

—Sí, pero se van a tener que apurar. Es dentro de media hora.

—Sí, mejor que lo tome.

—Qué ricos los nenes, veo que a usted no le falta nada en la vida ¿pero no van al colegio? ¿están por muchos días de paseo?

—Nenes, vayan un poquito al patio, que tengo que hablar con la señora.

—Usted sabrá que Juan Carlos murió en Vallejos. Él se fue de acá a fines de marzo a pasar unos días con la familia, y no volvió más...

—Sí, ya sé, ya medio año que está muerto. ¿Y usted hace mucho que está acá?

—Sí, unos años, puse esta pensión y él se vino para acá. La familia le mandaba muy poco y si le alcanzaba para pagar una pensión no le alcanzaba para el tratamiento. Por eso puse pensión, pero yo no me imaginaba en la que me metía. Es algo de nunca terminar el trabajo de una pensión. ...Qué raro de vacaciones en octubre, hizo bien, porque hay poca gente, y no hace ni frío ni calor.

—¿Juan Carlos se acordaba de mí?

—Sí, a veces la nombraba.

—...¿Y él a usted la quería?

—No me haga esas preguntas, Nené.

—Usted sabe que yo lo quise con toda el alma ¿no?

—Sí, pero nadie tiene derecho a preguntarme nada, yo soy una mujer que se gana el pan y no le pide nada a nadie. Y usted es una señora casada que tiene todo, así que ya sabe. No quiero hablar de Juan Carlos, que en paz descanse.

—Yo no soy más una señora casada. Me separé de mi marido, por eso me vine para acá.

—No sabía... ¿y por qué vino para acá?

—Juan Carlos en las cartas me contaba siempre de Cosquín, quería conocer, y hablar con alguien que me contara cosas de él.

—Estaba muy delgado, Nené. Y era siempre el mismo, siempre iba al bar, y al final a mí me dio muchos dolores de cabeza, aunque esté mal decirlo... Jugaba mucho, al final era lo único que lo distraía, pero yo no sabe usted lo que tengo que cinchar acá en la pensión, tengo que estar en todas, Nené, porque si no la cocinera me gasta demasiado, y yo hago la limpieza y las compras y tengo que estar lo que se dice en todas. El único modo de que una pensión le dé un poco de ganancia es que la dueña esté en todas. Me encontrará muy avejentada ¿no es cierto?

—Y, pasaron muchos años.

—Pero cuánto lo siento lo de su marido... ¿qué pasó? ¿no me puede contar?

—Son cosas que pasan... Fue hace dos semanas, hace poquito, por eso me vine para acá. Pero el abandono de hogar lo hizo él, así que yo no tengo por qué preocuparme.

—¿Había otra mujer de por medio?

—No, pero se dio cuenta de que entre los dos ya se

había terminado todo. Ahora él está arrepentido y nos vino a despedir al tren, pero yo creo que es mejor así. Aunque los chicos pierdan unos días de clases mejor que me vine para acá porque si no me iba a dar lástima y por ahí le aflojaba de nuevo.

—¿Y los chicos? ¿no van a sufrir de no tener al padre?

—Peor es que nos vean perro y gato peleando todo el día.

—Usted sabrá lo que hace.

—Yo al único hombre que quise en mi vida fue a Juan Carlos.

—El último año, sobre todo, sufrió mucho, pobre muchacho... Yo me tenía que levantar de noche a cambiarle las sábanas empapadas de sudor, y darle una muda limpia, y a cada rato comida, le venía el hambre a cualquier hora, y después me dejaba la mitad en el plato. Pero acá la lucha más grande es con las sirvientas, porque son tan faltadoras las cordobesas, y yo sobre todo lo que necesitaba era a la lavandera porque con tanta ropa que se cambiaba y las sábanas nunca me daba abasto, Nené, y a mí me parecía no sé qué dejarle las mismas sábanas. Hubo rachas que todos los días le cambiaba las sábanas. ¿Quiere que le muestre la pieza? Él tenía su pieza aparte, con la camita turca ¿la quiere ver?

—Bueno...

—Y él la nombraba muchas veces a usted, Nené.

—¿Y a qué otra nombraba?

—A Mabel. También la nombraba mucho a ella.

—¿Sí?

—Pero no la quería nada, decía que era una egoísta.

243

Mientras que de usted hablaba siempre bien, que fue con la única que pensó en casarse, eso se lo digo sin celos de mi parte, Nené, la vida tiene tantas vueltas ¿verdad?

—¿Y qué más decía de mí?

—Y, eso, que usted era una buena chica, y que en un momento se iba a casar con usted.

—¿Y no sabe si tenía ganas de verme, en los últimos tiempos? como amiga quiero decir...

—Y mire... la verdad es que yo me enojaba cuando él hablaba de chicas, así que muchas cosas no me las decía... Y venga a ver la pieza que ya se tiene que ir para la estación, que va a perder el micro.

—No sé si irme o quedarme...

—No, mejor es que se vaya, Nené ¿ve qué linda piecita blanca? esa era la cama de él ¿no es cierto que mejor no remover las cosas de antes? No lo tome a mal...

—¿Él se quedaba mucho en la pieza?

—Cuando estaba mal... ¡Don Teodoro, pare un poquito! ...Mire Nené, justo pasa el coche de alquiler ¿lo quiere tomar?

—Sí...

—Qué avejentada me habrá encontrado ¿verdad, Nené?

—No, para todos pasan los años.

—¡Un momentito, Don!

—Chicos, vengan que es tarde.

—Es una suerte, porque acá hay tan poquitos coches de alquiler.

—Señora... yo tengo ganas de quedarme...

—No, mejor que no, Nené, yo no quiero hablar más

de las cosas del pasado, me lo quiero olvidar todo lo que pasó.

—Yo quería que me contara más cosas...

—No, mire, yo estoy muy amargada ¿y para qué la voy a amargar a usted? ...Un minuto, Don Teodoro, que ya va la señora... la tiene que llevar rapidito a la estación de micros...

...—"Mientras que de usted hablaba siempre bien, que fue con la única que pensó en casarse"... Señor que estás en el cielo, eso Tú lo has de escuchar ¿verdad que Tú no lo olvidas? "A LA FALDA 40 KILÓMETROS" sin rumbo voy ¿hacia dónde? sin rumbo... "—¿Y qué más decía de mí?... ...—Y, eso, que usted era una buena chica, y que en una época se iba a casar con usted"... ¿conmigo? así es, conmigo, que solamente a él amé en la vida, "GUÍE DESPACIO CURVA A 50 METROS" ¿y al corazón quién lo guía? porque sin que nada nos lo haga presentir se oirá un clarín a lo lejos, y cuando aparezcan los ángeles buenos en el cielo azul, de oro los cabellos y los vestiditos todos de organdí "¿LO MEJOR DE CÓRDOBA? AGUA MINERAL LA SERRANITA" ¿lo mejor del cielo? muy pronto los ángeles me lo han de mostrar ¿adónde me llevan? la tierra abajo quedó, eclipse de vida en la tierra, las almas ya vuelan hacia el sol, eclípsase el sol de repente y es negro el cielo de Dios. A lo lejos un clarín se oye ¿anuncia que quien mucho ha amado por su ser más querido no habrá de temer? tinieblas sin fin del espacio, y los ángeles ya junto a mí no están... "GRAPPA

MARZOTTO, LA PREFERIDA EN LA ARGENTINA" ¿y yo de quién soy la preferida? ¿lo seré en la muerte si no lo fui en la vida? la gente falleció, los cuerpos tiesos de mis familiares abajo quedaron, aquel que pellizcarse quisiera para de un posible sueño despertar en vano intentaría con sus dedos de algodón o de nube la piel tocar ¡pues toda carne se volatilizó! y en nombre de este amor y por el bien de él propongo un trueque a Dios, "GUIE DESPACIO, CURVA A 70 METROS" si yo habré de salvarme antes ha de salvarse él ¿estará cerca o distante? esas nubes de azabache entrever dejan un cementerio blanco, creo reconocerlo... es suelo de la pampa... con florcitas silvestres que otrora recogí ¿por qué mandato extraño aquí habré llegado? ¿será este un cementerio cercano al de Vallejos? junto a una humilde tumba de pie está mi padre, se me acerca y me dice que en nombre de Juan Carlos y por mi bien me dice adiós, con un beso en la frente ya se apartó de mí y del brazo de mi madre se alejan paso a paso ¿y es cierto lo que veo? sus pasos polvo elevan, ¿los muertos recobraron su bagaje carnal? ¿dónde estoy? ¿quién soy? ¿quién fui? ¿Dios ha absuelto a mi alma de toda culpa y cargo? yo viví entre espinas herida sin saber de un momento de amor, si Juan Carlos se acerca y me dice "querida", todavía sangrante me arrancará cual flor. Juan Carlos, si puedes tú con Dios hablar, que olvidarte no pude te responderá, ...la vida, con sus platos sucios y pañales y los besos de otro que debí esquivar ¿pretendió la vida de ese modo tu amor borrar? ja, ja... pero tú, quién sabe hacia dónde irás, quién sabe a cuál de tus ex novias hoy elegirás ¿esa tipa vieja prefieres a mí?

¿o conviene que sea ella y no otra más bella que yo? ¡silencio! palidece el mundo porque él caminando con paso seguro por fin reaparece... y su rostro bello refleja el ansia de buscar... no hallar, va caminando por calles desiertas ¿a quién buscará? yo me oculto temerosa ¿hacia dónde sus pasos dirige? avanzan mujeres muy bien arregladas, las mira y las deja pasar ¿dónde estamos? ¿por qué me ha venido a buscar a la tienda? el uniforme me queda tan mal, y esto sí que debí esperarlo: ... la viuda de negro le cierra el paso entre dos mostradores... él la mira... le dice muchas gracias por tus sacrificios... ella no le cede el paso... él con dulzura y firmeza la hace a un lado... y detrás del mostrador surge la Celina, ¡y detrás de ella Mabel muy paqueta! ...¿por qué estará Mabel junto a esa víbora? ¡Celina escondida y por eso los demonios no la encontraban! pero donde pisa ella la tierra tiembla, se abre y envuelve a las dos negra llamarada ¡desaparecieron! no me atrevo a mirarlo... tiemblan mis manos, sí, tiemblo yo toda... ¿por qué elegiste para ponerte hoy esa campera? mi papá se reía de ti... "el estanciero"... ¿viste qué mal hicimos en preocuparnos tanto? ¿viste cómo al final juntos estamos? esa enfermedad que tú creíste... una barrera, fue tan sólo el desvío que hoy nos uniera... tu hermana que me odiaba... hoy ya no cuenta, tu madre despreciativa quedó alejada... y ese inmundo de Aschero ¿acaso qué importa? todo quedá atrás... en la otra vida ¿mi marido? no era malo... nunca lo quise ¿mis hijos? a Dios le cantan... con más ángeles forman dulce coro ¿mi madre? se fue, y con ella mi padre: dejaron para nosotros esta casita... Dame tus manos, ven, toma las mías, pronto va a refrescar, se acaba el día... cortinas nuevas traje yo de Buenos Aires... y tú tienes razón pues el portón recuerdos trae, pero seamos prudentes y vamos adentro, que todo aquello empezó... por un resfrío, ¿ya no tenés más ni un poquito de catarro? Mirá, en este cuartito yo vivía, cuando todavía era soltera... podemos pasar aquí la vida que nos resta ¿una vida de amor? ¡lo que Dios quiera! Juan Carlos, estamos ante Dios, esto el Catecismo nos lo anunciaba, se llama Resurrección y es del Juicio Final la consecuencia ¿no estás contento? con que la llamada Resurrección de la Carne esto era, ¿pero no será que yo lo estoy soñando? ¿cómo hacer para del sueño despertar sin sufrimiento? ¿y si me pellizco yo? ¿qué? mis dedos ya no son de algodón blando, no, basta de tanto miedo que mis dedos tocan mi carne y no estoy soñando pues el pellizco me despertaría ¡Dios nos devuelve a la vida en cuerpo y alma! es la voluntad de Dios ¿sientes vergüenza? y hay fuego en las hornallas, mi mamá cocinando estaría cuando oyó a los ángeles llamarla con clarines... ¡Juan Carlos! sorpresas tengo... en todos estos años que separados vivimos... ¡aprendí a cocinar! ¡sí! puedo prepararte lo que más te plazca, Juan Carlos ¿me pides que junto a ti hoy me acueste? para dormir la más reparadora de las siestas ¿recuerdas que me pediste en una carta que me acostara vestida de uniforme? ¿y eso beso qué es? ¿qué significa? ¿estará permitido que me beses? ¡Juan Carlos! en este momento lo veo claro ¡por fin me doy cuenta de una cosa!... si Dios te hizo tan lindo es porque Él vio tu alma buena, y te premió, y ahora de la mano arrodillados miremos a lo alto, por entre los volados de las cortinas nuevas, junto a esta humilde camita de soltera ¿nuestro nido? y preguntemos a Dios Nuestro Señor si él nos declara, por una eternidad, yo tu mujer tú mi marido...

—¡Mami, quiero hacer pis!

—Falta poquito para llegar, aguantá querido.

—¡Mamá, no puedo más!

—Dentro de un ratito ya llegamos a La Falda, vas al baño de la estación ni bien bajemos... Aguantá un poco.

—Mami, yo me aburro.

—Miren por la ventanilla, miren qué linda la sierra ¿ven cuántas cosas lindas que creó Dios?

DECIMOSEXTA ENTREGA

> *Sentir,*
> *que es un soplo la vida,*
> *que veinte años no es nada,*
> *que febril la mirada*
> *errante en la sombra*
> *te busca y te nombra.*

ALFREDO LE PERA

Aviso fúnebre

NÉLIDA ENRIQUETA FERNÁNDEZ DE MASSA, q.e.p.d., falleció el 15 de setiembre de 1968. Su esposo, Donato José Massa, sus hijos Luis Alberto y Enrique Rubén; su hija política Mónica Susana Schultz de Massa; su nieta María Mónica; su futura hija política Alicia Caracciolo; su padre político Luis Massa (ausente), sus hermanos políticos Esteban Francisco Massa y Clara Massa de Iriarte (ausentes); sobrinos y demás deudos invitan a acompañar sus restos al cementerio de la Chacarita hoy a las 16 hs.

NÉLIDA ENRIQUETA FERNÁNDEZ DE MASSA, q.e.p.d., falleció el 15 de setiembre de 1968. La razón social Inmobiliaria Massa & Cía. invita a acompañar sus restos al cementerio de la Chacarita hoy a las 16 hs.

El día jueves 15 de setiembre de 1968, a las 17 horas, Nélida Enriqueta Fernández de Massa dejó de existir, después de sufrir las alternativas de una grave dolencia. Contaba cincuenta y dos años de edad. Hacía algunos meses que no dejaba su lecho pero solamente en los últimos días había vislumbrado su próximo fin. El día anterior a su muerte recibió la extremaunción, después de lo cual pidió quedar a solas con su esposo.

Salieron de la habitación su hijo mayor, el doctor en medicina Luis Alberto Massa, y su hija política, la cual atendía a la enferma desde que los análisis revelaron un tumor canceroso en la columna vertebral; hijo y nuera acompañaron al sacerdote y su monaguillo hasta la puerta y después se dirigieron a la cocina donde la nieta de dos años tomaba un vaso de leche con vainillas bajo la vigilancia de la mucama: ésta les ofreció café y aceptaron.

Cuando Nené quedó a solas con su esposo, aliviada por la morfina pero algo aletargada, le explicó con dificultad que en ocasión de comprar el departamento de propiedad horizontal que ocupaban desde hacía doce años, al entrevistarse con el escribano para la firma de ciertos papeles ella le había confiado secretamente un sobre. Éste contenía indicaciones acerca de su última voluntad y algunas cartas de treinta años atrás. El documento establecía en primer término que se negaba a ser cremada y después exigía que en el ataúd, entre la mortaja y su pecho, se colocara el fajo de cartas ya nombrado.

Pero dicho pedido debía ser cambiado, en lo que atañía a las cartas. Ahora su deseo era que en el ataúd le colocaran, dentro de un puño, otros objetos: un mechón de pelo de su única nieta, el pequeño reloj pulsera infantil que su segundo hijo había recibido como regalo de ella al tomar la primera comunión, y el anillo de compromiso de su esposo. Éste le preguntó por qué le quitaba el anillo, ya que sería lo único que le quedaría de ella. Nené respondió que deseaba llevarse algo de él, y no sabía por qué le pedía el anillo en particular, pero se lo pedía, por favor. Además quería que las cartas guardadas por el escribano fueran destruidas y su esposo mismo debía hacerlo, pues ella temía que alguien joven e insolente un día las leyera y se burlase. Su marido prometió satisfacer todos los pedidos.

Al poco rato entró en la habitación el segundo hijo, ingeniero civil Enrique Rubén Massa, con su prometida Alicia Caracciolo. Nené repitió ante ellos su pedido del reloj pulsera, por temor a que su marido lo olvidase. Después fue perdiendo paulatinamente conciencia y pidió que llamaran a su madre, muerta años atrás. No volvió a recuperar el conocimiento.

El ya mencionado día jueves 15 de setiembre de 1968, a las 17 horas, el nicho del cementerio de Coronel Vallejos donde descansaban los restos de Juan Carlos Etchepare presentaba sus dos floreros habituales, sin flores. El cuidador había quitado recientemente dos ramos marchitos. Una nueva placa recordatoria se había agregado a las antiguas, rectangular, con un dibujo en relieve representando el sol naciente o poniente a ras del mar y a un lado la siguiente inscripción: "JUAN CARLOS   TODO BONDAD   Hoy veinte años que te fuiste de nosotros   tu hermana que no te olvida   CELINA 18-4-1967." Los demás nichos del paredón estaban ocupados y a uno de los lados se habían levantado dos paredones más; entre otros se leían los siguientes nombres: Antonio Sáenz, Juan José Malbrán, Leonor Saldívar de Etchepare, Benito Jaime García, Laura Pozzi de Baños, Celedonio Gorostiaga, etc.

El ya mencionado día jueves 15 de setiembre de 1968, a las 17 horas, María Mabel Sáenz de Catalano se aprestaba a recibir en su casa al último alumno del día. Todas las tardes, después de ejercer como maestra del turno de mañana en un colegio privado del barrio de Caballito, daba a domicilio clases particulares para niños de los grados primarios. Sonó el timbre y su hija María Laura Catalano de· García Fernández, de veinticuatro años de edad, abrió la puerta. Entró una niña alumna quien divisó en un rincón de la sala al nieto de su maestra y pidió permiso para levantarlo en brazos. Mabel miró a su nieto Marcelo Juan, de dos años de edad, con las extremidades izquierdas dentro de aparatos ortopédicos, sonriendo en brazos de la alumna. Había sido atacado de parálisis infantil y Mabel, a pesar de contar con la jubilación correspondiente a sus treinta años como maestra de escuela pública, trabajaba todas las horas posibles para ayudar a solventar los gastos médicos. Su nieto estaba en tratamiento con los mejores especialistas.

El ya mencionado día jueves 15 de setiembre de 1968, a las 17 horas, los despojos de Francisco Catalino Páez yacían en la fosa común del cementerio de Coronel Vallejos. Sólo quedaba de él su esqueleto y se hallaba cubierto por otros cadáveres en diferentes grados de descomposición, el más reciente de los cuales conservaba aún el lienzo en que se los envolvía antes de arrojarlos al pozo por la boca de acceso. Ésta se encontraba cubierta por una tapa de madera que los visitantes del cementerio, especialmente los niños, solían quitar para observar el interior. El lienzo se quemaba poco a poco en contacto con la materia putrefacta y al cabo de un tiempo quedaban al descubierto los huesos pelados. La fosa común se hallaba al fondo del cementerio lindante con las más pobres sepulturas de tierra; un cartel de lata indicaba "Osario" y diferentes clases de yuyos crecían a su alrededor. El cementerio, muy alejado del pueblo, estaba trazado en forma de rectángulo y lo bordeaban cipreses en todo su contorno. La higuera más próxima se encontraba en una chacra situada a poco más de un kilómetro, y dada la época del año se la veía cargada de brotes color verde claro.

El ya mencionado día 15 de setiembre de 1968, a las 17 horas, Antonia Josefa Ramírez viuda de Lodiego se trasladaba en sulky desde su chacra hasta el centro comercial de Coronel Vallejos, distante catorce kilómetros. La acompañaba su hija Ana María Lodiego, de veintiún años de edad. Se dirigían a las tiendas para continuar con las compras del ajuar de la muchacha, próxima a casarse con un tambero vecino. Raba sentía mucha alegría de ir al pueblo, donde vivían sus cuatro hijastros, ya padres de once niños que la llamaban abuela. Pero su mayor satisfacción consistía en visitar a su hijo Pancho, instalado en un

chalet de construcción reciente. Raba preguntó a Ana
María si convendría más comprar las sábanas y toallas
en Casa Palomero o en Al Barato Argentino. Su
hija contestó que no compraría lo más económico sino
lo que más le gustase, en sábanas y toallas no quería
ahorrar. Raba pensó en Nené la empaquetadora, a
quien no veía desde hacía tanto tiempo, cuando la
fue a despedir a la estación de tren, en Buenos Aires
¿treinta años atrás? Pensó en que si Nené hubiese
estado en Vallejos la habría invitado para el casamiento de su hija. Después pensó en Panchito y en
la bolsa de legumbres y el cajón de huevos que le
llevaba de regalo. Panchito tenía una casa nueva y
Ana María estaba por casarse, pensó con satisfacción
Raba. Esa noche cenarían en casa de Panchito y no
sería considerada una carga, porque llevaba buenos
regalos. El sulky se sacudió debido a un pozo del
camino. Raba miró el cajón de huevos, su hija le
reprochó haber traído tanta cantidad. Raba pensó que
Ana María tenía envidia de la casa de Panchito: todo
había marchado bien desde la entrada del muchacho
en ese taller mecánico. El dueño le había tomado
aprecio y la hija del dueño se había enamorado de él.
Claro que Panchito, considerado entre las chicas del
pueblo como muy buen mozo por su físico atlético
y sus grandes ojos negros, podría haber elegido como
esposa a una muchacha más linda, pero la hija del
dueño había resultado ser muy buena ama de casa.
No era linda, y tenía ese defecto en la vista, pero
ninguno de los tres hermosos niños había nacido bizco
como la madre. La casa de Panchito había sido cons-
truida por su suegro en los fondos del solar donde

se levantaba, junto a la acera, el taller mecánico. Como regalo de bodas había sido escriturada a nombre de la pareja.

De vuelta en su departamento después de la entrevista con el escribano, Donato José Massa se sentía muy cansado. La casa estaba a oscuras. La doméstica se había retirado a las tres de la tarde como de costumbre y su hijo menor no volvería hasta más tarde. Pese a insistírselo tanto, su hijo mayor no había aceptado permanecer con su esposa e hija en la casa, como durante los últimos meses de la enfermedad de Nené. Este primer año era el más difícil de sobrellevar —pensó el señor Massa—, después su hijo soltero se casaría y traería a su esposa a vivir a ese departamento demasiado grande para dos hombres solos. Prendió la luz de un viejo velador con pantalla de tul y se sentó en un sofá de la sala. El juego de sofás tapizado en raso francés no estaba protegido por las fundas de tela lisa color marrón. Para evitar el deterioro Nené quitaba las fundas solamente en ocasiones especiales. Su nuera las había quitado la noche del velorio y no había vuelto a colocarlas. El señor Massa tenía en la mano un sobre. Lo abrió, adentro había dos grupos de cartas: uno atado con cinta celeste y otro atado con cinta rosa. Notó en seguida que el de cinta rosa tenía letra de Nené... Desató el de cinta celeste y desplegó una de las cartas, pero sólo leyó unas pocas palabras. Pensó que Nené sin duda desaprobaría esa intromisión. Miró el raso de los sofás, parecía nuevo y eran casi imperceptibles las manchas de café y licores producidas la noche del velorio. La casa estaba en silencio. Pensó que Nené había dejado un vacío en la casa que nadie llenaría. Recordó los dos meses que habían estado separados a raíz de un incidente penoso, muchos años atrás. No se arrepentía de haber superado todo orgullo para ir a buscarla a Córdoba, donde ella se había refugiado con los dos hijos. Frente al incinerador del piso, instalado a un lado del ascensor, colocó las cartas en el sobre y las arrojó por el tubo negro.

Las cartas atadas con la cinta rosa cayeron al fuego y se quemaron sin desparramarse. En cambio el otro grupo de cartas, sin la cinta celeste que lo uniera, se encrespaba al quemarse y se desparramaba por el horno incineratorio. Se soltaban las hojas y la llama que había de ennegrecerlas y destruirlas antes las iluminaba fugazmente   "...ya mañana termina la semana..."   "...que desconfiara de las rubias ¿qué le vas a consultar a la almohada?..." "...unas lagrimitas de cocodrilo..."   "...al cine? ¿quién te va a comprar los chocolatines?..." "...nada de malas pasadas porque me voy a enterar..."   "...te besa hasta que le digas basta, Juan Carlos"   "...por ahí me voy a enfermar de veras, de mala sangre que me hago..."   "...cuando se desocupa una cama es porque alguien se murió..."   "...Te juro rubia que me voy a conformar con darte un beso..."   "...no digas a nadie, ni en tu casa, que vuelvo sin completar la cura..." "...yo hoy hago una promesa, y es que me voy a portar bien de veras..."   "...Muñeca, se me termina el papel..."   "...porque ahora siento que te quiero tanto..." "...mirá, rubia, ya de charlar un poco con vos me siento mejor ¡cómo será cuando te vea..." "...te quiero como no he querido a nadie..." "...También hay un hospital en Cosquín..." "...ni bien tenga más noticias te vuelvo a escribir..." "...el agua del río es calentita..." "...vos también estás lejos..."

"...pero cada vez que leo tu carta me vuelve la confianza..."

ÍNDICE

I

BOQUITAS PINTADAS
DE ROJO CARMESÍ

2

BOQUITAS AZULES,
VIOLÁCEAS, NEGRAS

Impreso en el mes de marzo de 1979
en I. G. Seix y Barral Hnos., S. A.
Avda. J. Antonio, 134-138
Esplugues de Llobregat
(Barcelona)